제주올레
48境

제주올레 세 번째 이야기

제주올레
48境

최종윤 지음

써네스트

머리말

꼭 제주를 걸어야 하는 사람 마냥 시간이 날 때마다 제주를 찾았고 제주 올레로 벌써 세 번째 책을 쓰게 됐다. 처음에는 10~18코스를 다뤘고 두 번째 책에는 18-1~21코스를 추가했다가 이번에는 앞쪽 1~9코스를 보태 전체 완주 코스를 책에 담게 됐다.

제주 올레를 매번 찾는 이유는 우리의 일상과 다른 길이기 때문이다. 최소한의 생존을 위해 걷는 출근길은 가족의 생계 때문이다. 교육을 위한 학생들의 등굣길은 자의반 타의반 꼭 배워야 훗날 홀로 살아갈 수 있기 때문이다. 이와는 달리 제주가 삶과 생활의 터전이 아닌 이상 올레 걷기는 매일 보내는 일상의 길과는 다른 길이요, 굳이 꼭 걸을 필요가 없는 길이다.

물론 제주를 찾는 우리의 발길은 흔한 풍경이 됐다. 10년 사이 관광객은 900만 명이 늘어 연 1600만 명을 넘었고 렌터카를 대동해 다니는 여행객이 급증해 동제주, 서제주, 서귀포 등 어디를 가도 허와 하로 시작하는 번호판을 단 차량이 즐비하다.

올레 자체만 해도 이제 전국 팔도에 생겨나 올레는 제주만의 상품이 아니게 됐다. 이러한 유행만큼 제주 올레와 관련된 책도 상당수 출판돼 서점에서 독자를 기다리고 있다. 책에 더해 제주에 대한 여행 정보가 SNS상에 넘쳐난다. 이리 보면 제주와 올레가 우리의 일상이 된 듯도 싶고 이 책도 굳이 쓰지 않아도 될 책 아니냐고 되묻게 된다.

얼마 전 자영업을 시작한 지인이 월급쟁이였다가 사장이 되고 나니 더 죽겠다고 말한다. 월급을 못타는 고통보다 못주는 고통이 더 심해 매일 밤 도망가는 꿈을 꾼다고 한다. 드라마 〈미생〉의 한 대사가 떠올랐다. 퇴직한 동료는 영업3팀 오과장에게 회사가 전쟁터였다면 자영업은 지옥이라고 고백한다. 자영업자나 급여 생활자나 미생인 모든 이들에게 울림이 되는 대사였다.

근 10여 년 전 친구와 함께 산티아고 순례길에 올랐을 때나 8여 년 전 처음 제주 올레를 걸을 때나 나 또한 삶에 닥친 수많은 난제에 허덕일 때였다. 인생은 예측할 수 없었고 예측을 하더라도 소용이 없었다. 삶의 모든 에너지가 바닥나 더 이상 일상에서는 답을 찾지 못할 때는 삶의 터전을 떠나 굳이 걷지 않아도 될 길을 걸어야 했다. 그래야만 내게 닥친 문제와 마주할 수 있었다. 수없이 제주를 방문한 나의 발자국은 결국 고민의 궤적이기도 한 것이다.

제주 올레를 걷다 해가 점차 바다로 낙하해 서쪽 하늘에 어스름이 번지면 바다가 수차례 색을 바꾸다가 사물의 형체가 흐릿하게 모습을 감추는 개와 늑대의 시간이 온다. 내가 기르던 개인가. 나를 해칠 늑대인가. 이때에는 바다와 하늘의 경계가 묘연해 천지가 잠깐 하나가 되는데 제주 올레를 걷다 이 순간이 오면 누구나 황홀한 풍경에 도

취될 수밖에 없다. 내 앞에 놓인 사물의 정체가 반가운 손님일지 나를 곤혹케 할 강도일지 모르지만 적어도 이를 마주할 용기가 생긴다.

굳이 가지 않아도 될 길을 걷는 대표적 직종이 시인이다. 시인은 일상을 의심하고 새롭게 단장해 우리에게 새로운 시각과 해석을 전한다. 그러면 막막했던 문제에 때론 해답이 보이고 너무나 높아 보이던 벽이 한없이 작아지기도 한다. 우리가 시인은 못되더라도 시를 읽으며 일상을 벗어나 시인의 마음이 되려고 하는 이유이다.

시인이 아닐뿐더러 부족한 글에 초대된 모든 분들에게 고개 숙여 감사의 말씀을 전한다.

삶의 과정은 대부분 지독한 고통의 연속이 많은데 우린 삶의 고비가 끝날 때마다 무드셀라 증후군을 앓는 환자처럼 좋은 기억만 남기곤 한다. 제주 올레에 대한 나의 단상과 안내가 제주 올레로 향하는 여러분의 여행에 미력하나마 도움이 되고 기분 좋은 동행으로 기억되길 바랄 뿐이다.

2019년 12월
최종윤

차례

8

시흥-광치기 올레

말미오름과 성산일출봉

코스

시흥초등학교 - 말미오름 - 알오름 - 종달리 옛 소금밭 - 목화 휴게소 - 시흥해녀의

집 - 성산갑문 - 수마포 - 광치기 해변

올레 1코스는 시흥초등학교 앞에서 시작하여서 광치기 해변까지 이어지는 약 14.6km의 코스이다.

요즘에는 웬만한 웹지도에는 올레코스가 다 표시되어 있고, 교통편까지 쉽게 찾을 수 있어서 시작점을 찾는 것은 어렵지 않다. 물론 올레길 표시가 리본으로 요소요소마다 잘 표시 되어 있기도 하지만 전에는 이런 저런 생각을 하다가 자칫 리본을 못보고 엉뚱한 길로 들어가서 한참을 헤매는 경우도 있다. 하지만 최근에는 그런 걱정을 하지 않아도 된다. 그래서 최첨단 기술의 도움으로 긴장감을 놓고 충분히 마음의 여유를 가지며 걸을 수 있게 되어서 진정한 의미에서 쉬면서 놀면서 그렇게 걸을 수 있는 길이 되었다.

하지만 날씨만큼은 어떻게 할 수 없다. 제주도는 날씨의 변덕스러움이 매우 심하다 비가 오는가 싶다가도 해가 뜨기가 일쑤이며, 해가 뜨는가 싶다가도 비가 오기가 일쑤이다. 일기예보를 믿고 갔다가는 낭패를 보는 경우가 아주 흔하다. 그러므로 제주올레를 걸으려고 하는 사람은 만약을 위해서 모두 준비해야 할 것이다. 우산과 우의 그리고 선크림을 말이다.

시작점인 시흥초등학교까지는 제주시외버스터미널에서 동회선 일주노선 버스 201번을 타고 시흥리 정류소에서 내린 뒤 조금만 걸어가면 금방 찾을 수 있다. 거의 모든 코스는 제주시외버스터미널에서 버스를 타고 쉽게 다다를 수 있다. 지도앱을 통해서 세세한 버스연결까지 볼 수 있는 세상이니 어디를, 어느 코스를 가도 걱정을

1코스 시작점 시흥초등학교 앞

할 필요 없다.

1코스는 오름과 바다가 연결되어지는 '오름-바당 올레'이다.

시작점에 세워진 간세를 오른쪽으로 하고 돌아서 마을 뒤편으로 들판을 지나가면 제주올레 안내소가 나온다. 만약 올레에 대해서 제대로 준비를 하지 못했다면 이곳에서 이것저것 알아보고 필요한 자료도 준비할 수 있다. 처음부터 경사로를 따라서 올라간다고 긴장할 필요 없다. 쉬엄쉬엄 가는 것이 제주올레이니 서두르지 말자.

말미오름과 알오름 정상에서 바라보는 아름다운 제주

제주올레 안내소를 지나서 가면 오름이 나온다. 말미오름이다. 그리고 연달아 알오름이 있다.

말미오름에서 바라본 제주의 산천

제주에 처음 온 사람이라면, 아니 제주에 자주 온 사람이라도 말미오름과 알오름에서 바라보는 제주의 풍경에 빠지지 않을 수 없다.

말미오름과 알오름을 오르면서 접하게 되는 제주의 자연은 육지에 사는 사람들에게는 매우 독특한 느낌을 주게 된다. 게다가 이것이 첫 번째 제주행이라면 더더욱 그럴 것이다. 제주에서만 볼 수 있는 자연이 눈 앞에 펼쳐지기 때문이다.

소를 방목하는 곳이라 오르는 길에 풀을 뜯어먹고 있는 소와 맞닥뜨릴 수도 있다. 말미오름 정상에 올라서면 발아래 당근밭이 보이며 한쪽에는 성산마을이 그리고 정면에는 성산일출봉과 우도까지 한 눈에 보인다. 요즈음은 미세먼지가 극성을 부려서 성산일출봉과 우도의 모습이 때로는 가물가물하기도 하다. 그럼에도 불구하

알오름에서 바라본 제주의 밭

해풍으로 말리고 있는 한치의 모습

고 오름 정상에서 바라보는 풍경은 '아, 여기가 바로 제주구나!'하는
생각을 하게 만든다. 말미오름과 알오름은 모두 그렇게 높지 않다.
때문에 여유롭게 경관을 구경하며 걸을 수 있다.

　두 오름을 지나면 종달리 마을로 이어진다. 제주의 모든 마을이
그렇듯이 한적하고 조용한 마을이다. 종달이라는 뜻은 제주의 마지
막 마을이라는 뜻을 가지고 있다고 한다. 혹 종달새와 관계가 있지
않을까 하는 상상을 하지만 전혀 그렇지 않다.

　마을을 빠져나오면 해변으로 종달리 소금밭이 나오고 시흥해안
도로를 따라 걷게 된다. 해안도로변에는 여름에 가면 한치들을 말
리는 모습을 볼 수 있다. 비릿하고 꼬릿한 한치의 냄새가 코를 찌르
기도 한다.

성산일출봉과 광치기 해변

그렇게 한참을 해안도로를 따라 걷다보면 성산포항이 나온다. 성산포항은 바로 올레 1-1코스인 우도로 갈수 있는 진입로이기도 하다. 항구를 왼쪽으로 두고 오른쪽 작은 언덕을 올라서 들어가면 멀리 성산일출봉이 보인다. 이곳에서 보는 성산 일출봉은 해안절벽과 함께 조화를 이루며 매우 아름답다.

물론 일출 때 성산일출봉에 올라 일출을 감상하는 것은 말할 나위 없이 행복한 장면이다. 하지만 성산일출봉을 즐기는 경우의 수가 더 있다. 이렇게 성산포항에서 바라보는 성산일출봉과 광치기 해변에서 바라보는 성산일출봉이다. 사실 어느것이 더 낫다고 이야

광치기 해변에서 바라다 보이는 성산일출봉

기하기가 어려울 지경이다. 모두 감상하기를 바란다.

성산일출봉을 왼쪽으로 주차장과 도로를 따라서 조금 걷다보면 광치기 해변이 나온다. 이미 말했듯이 광치기 해변은 성산일출봉이 가장 아름답게 보이는 장소 중의 하나로써 사진작가들에게 인기가 있는 곳이기도 하다. 넓게 펼쳐져 있는 바위들로 이루어진 해변은 그 자체도 아름답지만 일출봉과 조화를 이루며 한층 멋스러움을 느끼게 만든다.

1코스의 종점이기도 한 광치기해변은 밀물 때에는 평범한 해변이지만, 썰물 때가 되면 드넓은 암반지대가 펼쳐진다. 광치기라는 말은 제주어로 빌레 즉 너럭바위가 넓다는 뜻이다.

광치기 해변

올레가 찾은 맛집

시흥해녀의 집

1코스에서 종달리마을을 통과한 후 종달리해안도로와 시흥해안도로를 따라서 쭉 가다보면 성산표항에 가기전에 시흥해녀의 집이 있다. 시흥해녀의 집은 성산읍 시흥하동로 114에 위치하고 있다. 이 식당에서 최고로 쳐주는 것은 뭐니뭐니해도 전복죽이다. 도시에서 잃은 원기를 회복하고 싶다면 이곳에서 전복죽 한 그릇 먹기 바란다.

올레가 찾은 맛집들은 외관이 화려하거나 탐욕스럽게 생기지 않았다. 말 그대로 소박한 음식들이다. 흔히들 제주에 오면 식당들이 비싸다고 이야기하는데 올레가 찾은 맛집들은 비싸지 않다. 우리가 늘 먹는 그 가격으로 먹을 수 있다.

우도올레

홍조단괴 해빈과 쇠머리 오름

코스

천진항 - 홍조단괴해빈 - 하우목동항 - 산물통 입구 - 파평윤씨공원 - 하고수동 해수

욕장 - 연자마 - 우도봉입구 - 천진항

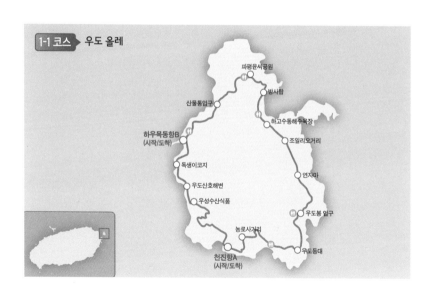

우도 환영 아치

　1-1코스인 우도 올레는 7~9월 임시 통제가 있다. 이 기간에 물론 갈 수는 있지만 행동의 제약을 받을 뿐만 아니라 많은 관광객으로 인해서 위험할 수 있다. 그러므로 이 기간에는 되도록 피하는 것이 좋다.

　올레길을 걷다보면 이런 저런 위험한 장소들이 있을 수 있다. 그런데 우도 올레만큼 바퀴달린 것들로부터 공격을 받는 경우는 많지 않다. 인도와 차도의 구별도 없을 뿐더러 차인지 아닌지의 구별이 안 되는 것들이 많이 다니기 때문이다. 조심 또 조심해야 할 것이다.

　천진항에서 시작해 우도를 한 바퀴 도는 1-1코스는 총 11.5km로 도보로는 4시간 정도 걸린다. 소가 누워있는 모습이라 하여 우도라는 이름이 붙여진 이 섬은 제주도 주변에 있는 섬 중에 가장 크고 일 년 내내 다양한 자연의 미를 선사하는 섬으로 항상 관광객들로 가득차 있다.

성산포항에서 우도로 가는 배를 타고 약 20분 정도를 가면 천진항에 도착한다. 배에서 내려서 환영 아치를 지나서 천진항을 벗어나면 바로 회전로터리가 있다. 그 오른쪽에 올레 1-1코스를 알리는 표지판이 있다.

올레 표지판의 건너편으로는 우도해녀항일기념비가 서있다.

제주의 해녀들은 일제 강점기 때에도 수탈과 착취의 대상이었다. 해녀들이 수확한 해산물들의 판매가 이루어지면서 그 수탈이 더욱 거세어졌다. 그러던 중 1930년과 1931년 성산포와 하도리에서 턱없이 적은 가격으로 경매가를 조작하자 그해 6월 해녀들은 공동투

쟁을 모색하기 위해서 모였고, 1932년 1월 7일 세화리 장날에 시위를 전개하였다. 깜짝 놀란 제주도 일제 당국은 해녀들과 협의를 하여 해녀들의 요구를 수용하기로 약속했지만 일제는 사건을 조사하고 청년들과 해녀들을 검거하면서 해녀들을 실질적으로 압박하였다. 제주도 전역의 해녀들이 항일운동에 참여를 했지만 1월 27일 일제에 의해서 진압이 되었다.

이 항일운동은 연인원 17,000여 명이 약 240회의 집회와 시위를 하는 대규모 투쟁으로 제주의 3대 항일운동 중의 하나이며 우리나라의 최대 어민운동이자 1930년대 최대의 항일운동이었다.

우도해녀항일기념비는 거세게 일었던 제주 해녀들의 항일운동에 우도의 해녀들도 참여를 했음을 나타내는 표식이다. 실제로 우도에서는 강기평(康基平), 강순인(姜順仁), 강창순(康昌順) 등이 대표로 참여를 하였다고 한다.

아마도 우도 사람들이 자신들도 제주도의 도민임을 강하게 표시하기 위해서 이 기념비를 설치하지 않았을까 하는 생각을 하게된다.

하얀 백사장의 홍조단괴해빈

우도해녀항일기념비를 뒤로 하고 우도해안길을 따라서 가게 되면 왼쪽에는 주차장이 있으며, 오른쪽에는 우도땅콩아이스크림이 유혹한다. 유혹을 뿌리치고 길을 따라서 가다가 오른쪽으로 꺾어져

홍조단괴 해빈(위)과 홍조단괴의 모습(아래)

서 마을로 들어간다. 마을로 들어서면 드
문드문 집들이 놓여 있고 그 사이에 밭들
이 펼쳐진다. 몇 집 지나서 조금 지나가다
보면 바로 밭이 펼쳐진다. 밭들 사이로 가
다가 너른 풀밭으로 들어서고, 너른 풀밭
의 끝에는 바다가 성큼 다가와 보인다. 바
다를 왼쪽으로 두고 포장도로를 따라가면 홍조단괴 해빈이 펼쳐진
다. 해조류 중의 하나인 홍조류가 바위 등에 몸을 붙이면서 살기 위
해 만들어내는 하얀 분비물과 조가비에 의해 구형을 띠는데 이것을
홍조단괴라고 하고 이것들이 퇴적되어서 해안을 이루고 있는 것이
라고 한다. 우리나라에서는 거의 유일하게 이곳 우도에서만 볼 수

있다고 한다. 물론 백사장 자체도 모든 제주의 백사장과 마찬가지로 무척이나 매혹적인 모습을 띠지만 모래밭이 실제로는 모래밭이 아니다. 자세히 보면 모래와는 다른 모양과 느낌이다.

홍조단괴 해빈을 뒤로 하고 해안도로를 따라서 넓은 바다와 그림같은 집들을 보면서 가다가 승마장의 너른 풀밭을 가로질러서 가면 버스들과 이륜차들이 서있는 하우목동항에 도착한다. 길은 계속 해변으로 가다고 집들 뒤편으로 이어지는 우목길로 들어선 뒤 밭담 사이 농로와 풀밭을 따라서 가게 된다. 한참을 가다가 하우목길과 마주치게 되고 하우목길은 해안도로, 즉 우도해안길로 이어진다. 그리고 밭길과 마을길을 걷게 된다. 길은 다시 해안으로 나설 듯 하

하고수동 해수욕장

지만 계속해서 아기자기한 밭길로 가게 된다. 그러다가 해안으로 나서면 하고수동 해수욕장의 황금빛 해안이 보인다.

하고수동 해수욕장을 뒤로 하고 정면을 보면 왼쪽으로 치우쳐서 섬 속의 섬이라는 비양도가 보인다. 하지만 현무암으로 된 다리가 놓여져 있어서 걸어서 들어갈 수 있다. 비양도 안에는 돈짓당이 보인다. 돈짓당은 어부와 해녀 그리고 어선을 수호하는 신을 모시는 곳이다. 이러한 당들은 제주도 곳곳에서 볼 수 있다. 해변을 따라서 가면서 봉수대를 지나면서 비양도를 한 바퀴 돌고 나온다.

조일리와 영일리를 지나서 마치 섬의 길을 가는 것이 아니라 육지의 마을 길을 걷다가 짚라인이 설치되어 있는 언덕을 올라서면

비양도 입구

우도해안길과 마주친다. 해안길을 건너서 우도에서 가장 높은 곳을 향해서 가는 긴 오솔길이 보인다. 그 길은 폐타이어의 고무를 엮어서 미끄러지지 않게 깔았다.

성산일출봉을 북동쪽에서 볼 수 있는 우도봉

우도올레가 거의 평평한 길을 걷는 것이었다면 지금부터는 고바우를 오르는 길이다. 올라가는 길에 가끔씩 목책 너머로 말들을 만나게 된다. 가까이서 말들을 볼 수 있는 기회이기도 하다.

제법 한참을 올라가게 되면 우도봉 능선으로 올라서게 된다. 길게 펼쳐진 우도봉 능선에서도 우도를 한 눈에 바라볼 수 있었다. 그렇게 탁 트인 시야를 느끼며 우도봉 능선을 따라서 가다보면 우도

우도봉 정상의 우도등탑까지 이어진 우도봉 능선

등탑이 나온다. 우도등탑에서 바라보는 우도와 성산일출봉은 멋들어진 풍경을 선사한다. 하지만 날씨가 허락하지 않으면 전혀 앞을 볼 수 없다. 누군가에게는 행운이 오겠지만 누군가에게는 다음 기회를 약속하게 만든다.

우도등탑 한쪽에는 우도등간이 있다. 이 우도등간은 제주도 최초의 등대라고 한다. 우리나라에서는 최초로 제주도의 배들을 인도하였다고 하니 그 의미를 되새겨 본다. 그리고 그 뒤로는 설문대할망 소망항아리라는 제목의 동상이 서 있었다. 설문대할망은 모두가 알다시피 제주를 만들고 제주를 지켜주는 수호신이다. 바로 이 우도봉 정상에 두 개의 시조가 자리하고 있는 셈이다.

제주 최초의 등대를 가지고 있는 우도등탑에는 등대박물관이 있

우도등탑　　　　　　　　　　　　　　설문대할망 소망항아리

우도봉 아래에 펼쳐진 초원

어서 등대의 역사를 알 수 있다. 또 그런 의미에서 우도봉 아래쪽, 등대공원에는 모형으로 만든 세계의 등대들이 진열되어 있다. 각국의 다양한 모양의 등대들을 하나씩 살펴보면 그 나라의 생각과 문화가 보인다. 천천히 구경을 하자.

그렇게 등대들을 천천히 구경을 한 뒤 나무들 사이로 난 오솔기을 따라서 우도봉을 내려오면 너른 들판이 펼쳐지고 그 들판 한 가운데로 올레길이 이어진다. 그리고 그 들판을 지나면 숲 사이로 난 도로를 따라서 가게 되고 마을로 들어서게 된다. 밭길을 조금 걷다가 다시 마을로 들어서는데 시작점인 천진항으로 돌아온 것이다.

광치기—온평 올레

대수산봉과 혼인지

코스

광치기 해변 – 내수면 둑방길 – 식산봉 – 족지물 – 오조리 마을회관 – 홍마트 성산점 –

대수산봉 – (구)말 방목장 – 혼인지 – 온평포구

2코스는 광치기 해변에서 시작을 한다. 광치기 해변에서 성산일출봉을 뒤로 하고 도로를 따라서 가다가 바로 찻길을 따라서 들어간다. 예전에는 해변을 지나고 오조리 마을과 식산봉으로 갈 수 있었으나 현재(2019년)는 통행 금지를 시켜놓았다. 그래서 중간 지점인 홍마트까지 가는데 약1.5km, 20여분이면 도착한다. 홍마트를 지나서 계속 차도를 따라서 걷다가 고성리로 들어가게 된다. 고성리로 들어가게 되면 자그마한 마을을 지나고 다시 차도가 나오고 차도를 따라 다시 걷다보면 밭길로 들어가게 된다. 2코스에서는 처음으로 마주보는 밭길이다. 그리고 밭길을 따라서 다시 10여분 걷다보면 대수산봉이 나타난다. 고성리에는 두 개의 오름이 있다. 하나는 대수산봉이고 또다른 하나는 소수산봉이다. 고성리에는 이 두

2코스 시작점 광치기 해변

개의 오름 사이로 물이 양쪽으로 갈라져 흐르고 있다. 우리의 올레길은 큰물뫼, 즉 대수산봉만 오르게 되어 있다.

성산일출봉과 우도를 한 눈에 볼 수 있는 대수산봉

대수산봉은 해발이 137m인 오름이다. 대수산봉 정상에 오르면 제주올레 1코스가 시작되는 점인 시흥리 마을부터 우도, 성산일출봉,광치기 해변에 이르는 지역, 즉 제주의 동부가 한눈에 들어온다. 대수산봉 정상에 올라서 제주의 아름다움에 반할 기회를 가져보는 것 또한 올레길의 참 모습일 듯 하다.

대수산봉과 같이 봉이라는 이름을 가진 것도 있지만 제주올레길에서 만나게 되는 산봉우리는 대부분 오름이라는 이름을 가지고 있

광치기 해변에서 나오면 도로를 따라서 걷는다

대수산봉으로 오르는 길

다. '오름'이란 한라산 정상의 백록담을 제외한 제주도 지역에 분포하고 있는 소화산체(小火山體)로 화구를 갖고 있으면서 화산분출물에 의해 형성된 독립화산체(獨立火山體) 또는 기생화산체(寄生火山體)를 이르는 순 우리말로써 제주도에서만 사용되는 말이다. 그런 의미를 알고 대수산봉을 오르면 비록 처음 오름을 접하더라도 대수산봉이 흔히 알고 있는 봉우리 또는 산이 아니라는 것을 금방 알아차릴 수 있다. 그것은 정상에 오르면 쉽게 알 수 있다. 정상에 분화구와 같은 음푹 들어간 모습을 가지고 있기 때문이다.

오름의 어원은 '오르다'의 명사형 표현으로 추정되며 쉽게 오를 수 있는 자그마한 언덕이나 동산과 같은 것을 지칭한다고 한다. 사실 제주도에 있는 자그마한 언덕이나 동산들은 화산분출구가 대부

분이기 때문에 그 뜻이 분화구가 있는 소화산체를 나타내게 되었을
것이다.

　1601년 조선 중기의 문신 김상헌이 제주에 왔을 때 쓴 「남사록」
이 현재에도 보존이 되고 있는데 이 「남사록」(권1)에는 "岳은 '오롬/
폼老폼'이라 한다"라고 적고 있으며 17세기 이원진이 수록 및 편찬
한 「탐라지」에는 "제주의 기록에, 말에 특이한 것이 많은데, ……
岳을 '오롬/兀폼'이라 한다"고 하여 예로부터 제주에서는 악(岳)의
뜻으로 '오롬〉오름'을 사용하였음을 알 수 있다.

　원래 악(岳)과 봉(峰)은 그 뜻에 있어서 약간 차이가 있었으나,
제주에서는 '오름'을 한자로 표기 할 때 주로 '岳/오롬'으로 쓰다가,
19세기 말 경부터 '峯·峰/오롬'으로 대체하였다고 한다.

대수산봉을 뒤로 하고 올레길을 따라 가면 한동안 나무와 풀숲들 사이로 내려가게 된다. 그리고 차가 다닐 수 있는 포장도로와 마주치게 되고 그 길을 따라서 양 옆에 숲과 밭, 그리고 들판들을 거느리고 걷게 된다. 한참을 그렇게 인적이 드문 밭길을 가다보면 온평리로 들어가게 된다. 이차선 도로인 혼인지로를 따라서 가다보면 오른쪽으로 제주에서는 보기 힘든 기와집들이 보인다. 이곳이 바로 혼인지이다.

3신인 3공주의 전설과 수국이 아름다운 혼인지

혼인지(婚姻池)는 1971년 8월 26일 제주특별자치도기념물 제17호로 지정되었다. 이곳은 온평리 마을 서쪽 숲에 자연적으로 생성

혼인지 사당

된 약 500평 정도의 큰 연못을 일컫는 말이다. 이 연못은 제주도의 삼성(三姓)신화에 등장하는 3신인(神人)과 3공주(公主)가 혼인하였다는 전설이 있는 곳이다. 연못 남쪽에는 3신인이 나이 순에 따라 3공주를 각각 배필로 정하고, 이들을 맞아 이 연못에서 혼례를 올리고 그 함 속에서 나온 송아지, 망아지를 기르고 오곡의 씨앗을 뿌려 태평한 생활을 누렸고 이로부터 제주특별자치도에 농경과 목축 생활이 시작되었다는 전설이 기록된 현무암비(碑)가 세워져 있다.

당시 3공주가 들어 있던 목함이 발견된 곳은 '쾌성개'라고 불리는 곳이다. 쾌성개는 온평리에서 바닷가쪽으로 가면 위치한 지역의 이름이다. 이 쾌성개의 해안 쪽을 황루알이라고 하며 바로 이곳이 목함이 도착한 곳이라고 한다. 지금도 여기에는 3신인이 바닷가에서

처음 디딘 발자국이 암반에 남아 있다고 한다.

혼인지에서는 매년 10월 축제가 있다.

'삼성혈에서 태어난 탐라 시조 고 · 양 · 부 삼신인이 벽랑국에서 온 세 공주들과 온평리 해돋는 물가에서 혼례를 올렸다'는 설화를 재현하고 제주전통음식과 다채로운 체험 프로그램으로 볼거리 · 먹거리 · 즐길거리가 가득하다.

혼인지를 나와서 조금 걷다보면 일주 동로를 만나게 되고 일주 동로를 지나서 가면 자그마한 마을로 들어서고 그 마을을 통과하면 2코스의 최종지인 온평포구를 만나게 된다.

원래 2코스는 처음 바닷가 길을 걸었지만 섭섭하게도 바닷가 길을 못 가게 만들어서 바로 도로로 들어서고 마을로 들어선 뒤 대수산봉을 오르게 된다. 오름 앞뒤로의 인적이 드문 밭길과 산길은 많은 생각을 하게 만든다.

3공주 추도비

온평-표선 올레

김영갑 갤러리와 바다목장

코스

A : 온평포구 - 보석암 - 통오름 - 독자봉 - 김영갑갤러리 두모악 - 신풍신천 바다목

장 - 배고픈다리 - 표선해수욕장

B : 온평포구 - 용머리동산 - 신산 환해장성 - 신산리 마을카페 - 농개 - 신풍신천 바

다목장 - 배고픈다리 - 표선해수욕장

3코스 시작점

3코스는 A코스와 B코스로 나누어져 있다. A코스는 바닷가를 따라 가는 해안올레길이고 B코스는 오름을 오르는 중산간올레길이다. 만약 둘 중의 하나를 택하라면 B코스를 택하는 게 훨씬 더 재미있는 길일 것이다. 바닷가에서 바라보는 제주도 제주지만 제주는 역시 오름에 올라서 바라보는 제주가 제맛이기 때문이다. 물론 오름을 오르고 인적이 드문 곳을 가고 하는 것이 어려울 수도 있다. 그런 것을 고려한다면 A코스를 택하는 것이 바람직할 것이다.

3코스 시작점에서 출발을 하면 바닷가로 돌탑들이 즐비하게 서 있고, 첨성대처럼 생긴 도대가 나온다. 도대는 제주의 옛 등대를 가리키는 말이다. 도대를 지나서 한 100여 미터

도대

를 가면 바로 A코스와 B코스로 나뉘게 된다. 이미 말했듯이 B코스로 방향을 잡는다.

갈림길을 지나서 나오면 바로 통오름을 만날 수 있다. 통오름은 물통처럼 움푹 팬 오름이라고 해서 통오름이라고 한다. 통오름은 사계절 모두 좋은 그림을 그려 놓는다. 봄엔 야생화들이 수줍게 피어서 마음을 즐겁게 해주고, 여름은 녹음이 그리고 가을엔 은빛을 내면서 넘실대는 억새들이 반갑게 맞아주는 곳이다. 통오름 맞은편에는 바로 독자봉이 있다. 독자봉의 높이도 높지 않지만 통오름을 내려와서 잠깐 동안 오르막 도로를 타고 오르다 나무 계단을 조금 오르면 바로 정상으로 올라갈 수 있다. 독자봉 정상을 가로 질러서 내려가면 밭길이 이어진다. 밭길은 양쪽으로 감귤 비닐하우스들

통오름으로 오르는 길

을 지나게 된다. 비닐하우스들을 지나면 다시 밭길로 이어지고 그렇게 밭길을 한참 가다 보면 작은 마을이 나온다. 마을을 지나면서 차도가 나오고 차도를 따라서 잠시 걷다보면 오른쪽에 간세가 보이고 그 간세 뒤에 김영갑 갤러리가 나온다.

현대 제주를 한눈에 볼 수 있는 김영갑 갤러리 두모악

김영갑 선생은 충남 부여에서 태어났지만 서울에서 주로 활동을 하다가 1982년부터 제주도를 오가면서 사진 작업을 하였고, 1985년에 제주도에 반해서 제주도에 정착하게 되었다. 그는 제주도의 가장 아름다운 모습들을 담기 위해서 열정을 모두 쏟았으며, 버려진 초등학교에 자신의 사진을 전시하기 위한 작업을 하다가 자신이

김영갑 갤러리 앞의 스탬프 간세

루게릭 병에 걸린 것을 알고 서울에서 치료를 받다가 3년이라는 시한부 인생 선고를 받고 다시 제주도로 내려와서 전시장을 마무리하였고, 2002년에 전시관을 열었다. 김영갑 선생은 2005년에 영면에 들었고, 그의 유골은 두모악 마당에 뿌려졌다. 두모악은 한라산의 옛이름이라고 한다.

이곳 전시관에서 제주도의 아름다움에 흠뻑 취할 수 있다. 평생 사진을 생각하며 살다간 한 예술가의 영혼과 제주도의 아름다움은 말 그대로 아름다운 조화를 이루고 있다.

한라산의 아름다움을 다른 사람의 시선으로 감상한 뒤 갤러리를 뒤로 하고 남은 올레길을 걸어가 본다. 2차선 도로를 걷다가 다시 밭과 비닐하우스가 있는 좁은 길로 들어선다. 잠시 뒤 수로가 나오고 수로를 따라서 걷다가 개천을 만나게 된다. 개천을 따라 걷다보면 일주 동로를 만나게 된다. 일주 동로를 따라서 걷다가 바닷가쪽으로 방향을 틀고 마을을 지나가면 3-B와 마주치는 바닷가로 나온다. 바다를 마주하면 언제나 마음이 넓어지는 것 같다. 바다를 왼쪽으로 하고 방향을 틀어서 이제부터는 바닷길을 걷기 시작한다.

오렌지 색의 신풍, 신천 바다목장

아기자기한 해변을 왼쪽으로 하고 걷다가 보면 앞쪽에 탁 트인 넓은 벌판이 보인다. 이곳이 바로 신풍목장과 신천목장이다. 신풍, 신천목장은 겨울에 오면 더더욱 좋은 곳이다. 이곳은 바로 감귤껍질을 말리는 곳이기도 하기 때문이다. 한 겨울 이곳에 오게 되면 오렌지색 들판을 보게 된다. 한마디로 장관이다. 하지만 다른 계절에 와도 나쁘지 않다. 바닷가에 이렇게 너른 들판이 탁 트이게 있다는

신천 바다목장

것 자체만으로도 충분히 볼 거리를 제공하고 있다.

목장을 지나면 자갈길이 이어진다. 그리고 자갈길을 지나면 해변 도로를 따라서 걷는다. 도로를 따라서 한참을 걷다가 소금막해변으로 나가게 된다. 소금막해변에서 가던 방향으로 건너편에는 바로 3코스의 종착점인 표선해수욕장이 펼쳐져 있다. 표선 해수욕장의 금빛 모래밭을 밟아보는 것도 좋은 추억이 될 수 있다.

소금막해변에서부터 표선해수욕장을 한바퀴 빙 에둘러서 가다보면 아기자기한 공원의 산책로가 나온다. 이 공원의 산책로에는 사람들이 많이 보인다. 게다가 산책로 윗편으로는 제주 민속촌이 자리하고 있어서 관광객들도 자주 찾는 곳이기도 하다. 여름이면 표선 해수욕장에 사람들이 가득한 것은 당연한 일이다.

표선 해수욕장 옆 소공원에서

산책로로 들어오니 날씨가 또 요동을 친다. 갑자기 비가 내리고 챙겨두었던 우의를 꺼내 입었다. 산책로를 따라서 가다가 가게들 사이로 올라가면 다시 오던 방향으로 방향을 틀고 그 방향으로 조금 올라가다 보면 3코스의 종점을 알리는 표지판이 보인다. 그 뒤로는 제주 민속촌의 커다란 주차장이 눈에 들어온다.

3코스 종착점이자 4코스 시작점

표선–남원 올레
토산 신책로

코스

표선해수욕장 – 갯늪– 해양수산 연구원 – 토산 산책로 – 토산2리 마을회관 – 송천 –

신흥리포구 – 덕돌포구 – 태흥2리 체육공원 – 벌포연대 – 남원포구

4코스의 시작은 바닷가를 향한다. 가깝게 있는 제주 민속촌을 한 바퀴 돌고 나오는 것도 나쁘지 않다. 제주인들의 생활상을 볼 수 있는 곳이니 말이다. 훨씬 더 제주와 친근감을 느낄 수 있을 것이다. 왼쪽에 표선해수욕장을 두고 걸어나가면 번잡한 길을 지나서 바로 표선당케포구로 들어간다. 제주민속촌을 가운데 두고 바다쪽으로 크게 한 바퀴 도는 것과 같다.

올레길은 포장된 길을 따라서 가다가 표선당케포구 안 바닷가로 들어간다. 그러다가 길은 없어지고 화산석들로 이루어진 바닷가 해변을 걸어가게 된다. 이 해변에는 돌탑들이 군데군데 쌓여 있었다. 누가 왜 쌓아놓은지는 알 수 없지만. 이런 돌탑들은 인간의 심리를 보여주는 듯 하다. 즉 무언가 보이면 쌓아놓고 모아놓고야 마는 욕

표선 당케포구로 이어진 길

심이라고 할까? 쌓으면 더 많이 올 것 같지만 사실 흩어 놓으면 더 많이 쌓인다는 것을 사람들은 모르는 듯 하다.

그렇게 쌓여있는 돌탑들을 뒤로 하면서 해변을 따라서 계속 나아 간다. 그렇게 걷다보면 돌로 만든 둥근 지붕의 집과 등대가 보인다. 거기서 올레길은 포장되어 있는 해변도로로 올라가고 왼쪽에 풀이 무성한 모습들이 보인다. 황근의 자생지가 시작되는 지점이다. 황근 은 노란색 무궁화를 뜻하는 말이다. 7~8월에 노란 꽃이 피는 멸종위기야생생물 2급이라고 한다. 이곳에 자생하고 있었지만 점점 그 개체수가 줄어들어서 따로 키워서 식재를 하여 군락을 형성하였다.

노란 황근의 모습은 일반적인 무궁화보다는 덜 화려하고 소박한 느낌이 든다.

해변에 쌓여있는 돌탑들

황근을 식재한 곳이 올레4코스의 곳곳에서 만날 수 있다는 것은 그만큼 이곳에 황근이 번식하기 좋은 곳이라는 의미일 것이다. 황근이 꽃피는 7-8월에 오면 활짝핀 황근들을 반갑게 맞이할 수 있다. 황근들은 이곳 저곳에 심어져 있는 상태이고 황근의 자생지는 갯늪까지 이어진다.

갯늪은 예전에는 배들도 띄울 수 있을 정도로 크고 깊었지만 지금은 과연 그럴 수 있었을까 하는 정도의 작은 늪지에 불과하다. 갯늪 주위에도 황근들은 자생을 한 것인지 식재를 한 것인지 이곳 저곳에 자태를 드러내고 있었다.

갯늪을 지나서 조금 가다보면 제주특별자치도 해양수산연구원이 나온다. 자연의 모습들이 그대로 이어지다가 삘쭘한 현대식 건물이

황근들

었다. 자연을 연구하기 위해 인간이 만든 것이 자연을 훼손하고 있

는 듯한 느낌이다. 하지만 이러한 불편함은 감수해야 하지 않을까

하는 생각을 한다.

　해양수산연구원을 지나서 조금만 가면 탁 트인 바닷가에 벤치가

놓여있는데 여기서 한번쯤 쉬면서 바다를 바라보는 호강을 누려보

는 것이 좋다. 바로 이렇기 때문에 해양수산연구원이라는 인공물이

필요했던 것이다.

바다를 바라보며 앉아서 쉬어보자

해안은 계속해서 이어지고 세화리로 들어간다. 세화리 입구에는 광명등이 있다. 도대와 같은 옛등대이다. 하지만 도대는 첨성대 같은 모양이었다면 광명등은 제단 같은 모습을 하고 있었다.

광명등

옛등대를 지나서 가면 '또똣노랑 가마리길'이라고 불리는 길이 나오는데 세화2리로 들어가는 입구이다. 예전에 포구의 머리에 자리한 마을이라고 해서 갯머리였던 것이 바뀌어서 가마리(加麻里)라는 옛이름을 가지고 있었기 때문에 세화2리의 길을 가마리길이라고 한다고 한다. 제주의 재미있는 지명들이 눈에 들어온다.

가마리길을 따라 가다가 바다로 흘러들어가는 가시천을 만나고 그 가시천을 지나면 작은 숲길을 만나게 된다. 농협 수련원 뒷길로 이어지는 올레길은 토산 산책로로 이어진다. 한편에서는 파도소리가 들리는 숲길은 걷는 재미를 준다.

파도소리를 들으며 걷는 숲길 토산 산책로

산책로를 걷다가 중간에 있는 의자에 앉아서 파도소리를 들으며 그리고 뒤에 있는 현대식 건물들의 의미도 새겨보자. 인류 문명의 발달이 이어지는 세계로 들어가게 될 것이다.

이 산책로를 계속 가면 소망우체통과 소망터널을 만날 수 있다.

농협수련원 뒷길 산책로

소망우체통

사람들은 약하기 때문에 끊임없이 누군가 무언가를 해주기를 바란다. 때로는 그것은 신이 되기도 하고 때로는 그것은 다른 사람의 아주 자그마한 노력에 의해서 이루어지기도 한다. 바로 그러한 작은 소망이 모여서 만들어진 것이 이러한 자그마한 조형물과 문명이다. 여러가지 생각을 하게 만드는 토산 산책로를 지나면 길은 탐스러운 귤나무들을 만나고 토산포구로 이어지고 토산포구에서 마을을 따라서 들어가게 되고 일주 동로를 만나게 된다.

올레길은 일주 동로를 지나서 토산2리 마을로 들어간다. 마을을 조금 지나가다 보면 송천을 만난다. 송천은 폭우가 쏟아져야만 개울에서 물을 볼 수 있다고 한다. 그렇기 때문에 이 송천의 모습은 마치 기암들을 모아놓은 것 같은 제주의 다른 하천들의 모습과 비숫하다. 이 송천은 표선면 가시리에서 시작하여서 토산리를 지나서 바다와 만난다. 송천을 지나서 가면 신흥1리로 들어간다. 신흥1리의 미을 길을 시나서 올레길은 다시 바닷가로 가서 신흥리포구를 만난다. 신흥리포구에서 바다를 따라서 계속 가면서 신흥천을 건너서 태흥리로 들어간다.

계속해서 바닷가로 길은 이어지고 태흥교를 지나서 벌포연대를 지나면서 계속해서 바닷가로 진행된다. 그 끝은 남원의 남원포구 한쪽에 있는 남원용암해수풀장 앞의 제주올레 안내소에서 멈춘다.

4코스 종착점인 남원포구의 제주올레 안내소

올레가 찾은 맛집

범일분식

4코스를 끝내고 남원해수풀장에서 끝나는 지점에서 멀지 않은 곳에 태위로가 있다. 4코스가 끝나는 남원올레탐방안내센터에서 비안포구를 감싸고 가다보면 오른쪽으로 태위로와 마주한다. 태위로를 따라서 가면 남원리 교차로가 나오고 거기서 왼쪽으로 방향을 틀어서 한 100m정도 걸어가면 오른쪽에 소박한 건물이 있다. 바로 범일분식이다. 겉으로 봐도 오래되고 낡은 건물에 탁자도 몇 개 안 되는 작은 식당이다. 하지만 이 식당은 한 번도 안 온 사람은 있어서 한 번만 온 사람은 없다는 곳이다. 이 집의 메뉴는 순대백반과 순대한 접시가 다다. 이 집의 순대는 제주 순대의 진수를 보여준다.

4코스를 끝내고 지친 몸을 조금만 더 운동시켜서 오면 맛볼 수 있다. 한 가지 주의할 점은 특이하게 토요일이 휴무라는 것이다.

56

남원–쇠소깍 올레

큰엉과 동백나무 군락지

코스

남원포구 - 큰엉입구 - 신그물 - 국립수산과학원 - 위미 동백나무 군락지 - 조베머들

코지 - 넙빌레 - 망장포 - 예촌망 - 쇠소깍

　5코스는 남원포구에서 시작이 된다. 포구에서 시작이 되니 당연히 해변길을 따라서 시작이 된다. 남원리의 해변길에는 방파제가 길게 늘어져 있었다. 사람들은 하얀 색으로 한 1미터 높이로 쭉 있는 방파제를 활용할 생각을 하였다. 남원리의 '문화의 거리'가 그것이다. 밋밋한 방파제에 나름의 생명을 불어 넣은 것이다. 다만 걸어가면서 볼 때 시가 있다는 것이 길다는 생각이 들었다. 짧은 글귀나 짧은 시를 써 놓았다면 가는 길도 방해하지 않고 문화 생활도 할 수 있지 않았을까 하는 생각을 한다.

　바다도 보고 시도 보고 심심하지 않은 구상임에는 틀림이 없다. 시를 읽으며 쉬엄쉬엄 걷는 것도 나쁘지는 않다. 그렇게 시를 보면서 문화의 거리를 걷다가 바로 큰엉 입구를 만나게 된다.

남원리 방파제

아름다운 해안 산책로 큰엉

큰엉은 그럼비부터 황토개까지 약 2.2km에 달하는 해안가의 높이가 15~20m에 달하는 기암절벽이 성을 두르듯 서있는 중앙 부부의 큰 바위 동굴을 뜻한다. 엉이라는 이름은 바닷가나 절벽 등에 뚫린 바위 그늘을 뜻하는 제주 방언이다. 이곳은 우리나라 최고의 경치를 자랑하는 해안산책로이며 관광지이어서 사람들도 많고, 다양한 바위들을 보면서 형태를 유추해내는 재미도 가득하다.

호두암(虎頭巖)의 모양을 찾는 재미도 있다. 호랑이가 입을 벌리고 있는 호랑이 머리 모양이라고 해서 붙은 이름이다. 이 바위는 유두암(乳頭巖)이라고 불린다고 한다. 어머니의 젖가슴이 봉긋하게

호두암

인디언추장 얼굴

솟은 듯한 모습을 하고 있기 때문이다.

인디언추장얼굴도 그 모양이 재미있다. 오랜시간 제주의 바람과 파도가 만들어낸 기암들의 모습에 입을 벌리고 쳐다볼 뿐이다.

거기에 한반도의 모양을 만들어놓은 덩굴동굴이 있다. 여간해서 찾아보

큰엉 해안산책로의 끝부분

기는 힘들지만 자연의 힘으로 만들어 놓은 조각상과 인간의 힘으로
자연을 이용해 만든 모양이 조화를 이루는 듯 하다.

한반도 모양을 만들어내는 덩쿨 동굴을 지나면 험한 바닷가와 나
무들 사이의 좁은 길로 올레길이 이어진다.

어둡고 좁은 길을 지나면 신그물/태웃개가 보인다. 신그물은 단
물이 나와 물이 싱겁다는 뜻이라고 한다. 에전에는 물이 많았으나
지금은 거의 마른 상태이다. 여기서부터 휠체어길이 시작되기도 한
다. 미래양식센터와 국립수산과학원을 지나는 포장도로가 이어진
다. 그렇게 평탄한 길을 따라서 걷다보면 동백나무 군락지가 있는
마을로 들어서게 된다. 마을로 들어가는 입구에서부터 커다란 동백
나무들이 빽빽하게 들어서 있다.

한 노인의 피땀으로 일군 동백나무 군락지

동백나무군락지가 어떻게 여기에 생기게 되었을까 궁금하지 않
을 수 없다. 친절하게 간세에는 다음과 같이 쓰여 있다.

한 할머니의 땀이 서린 땅. 17살에 시집온 현맹춘 할머니는 어렵게
마련한 황무지에 불어오는 모진 바람을 막기 위해 한라산의 동백
씨앗 한섬을 따다가 심어 기름진 땅과 울창한 숲을 일구었다.

한 사람의 노력으로 어마어마한 군락지가 형성되었다니 역시 인
간의 힘은 늘 위대함을 자랑한다. 사실 인간이 한다고 했다가 못 하
는 것은 없는 것 같다. 요즘 같이 세상이 빨리 변하는 사회를 못 좇

동백나무 군락지

아가겠다고 하는 사람들도 있는데 사실 이 변화를 만드는 것이 바로 인간이다. 우공이산이라고 했던가!

동백나무는 단순하게 바람을 막기 위한 도구로만 쓰인 것이 아니었다. 6~70년대에 이 동백나무는 귀중한 기름을 생산해주었다. 동백나무 열매로 기름을 짜서 나물을 묻혀 먹기도 했다고 한다.

동백나무 군락지인 위미리를 뒤로 하고 바닷가로 나오면 조배머들코지가 반긴다.

조배머들코지는 위미리 설촌 이후 마을의 번성과 인재의 출현을 기대하던 신앙적 장소였다. 마치 하늘을 날 듯한 용의 모습을 하고 있다고 사람들은 생각하였기 때문이다. 하지만 올레꾼들에게는 어쩌면 요란한 모습의 바위들이 섬찟함마저 느끼게 만든다.

조배머들코지

조배머들코지를 한 바퀴 돌아서 나오면 5코스의 절반을 지난 거리임을 알리는 표지판이 보인다.

길은 잠시 위미항을 돌아서 마을 안쪽으로 들어갔다가 위미복지회관쪽에서 바닷가 항구쪽으로 나온다. 위미항은 나름 그 규모가 있는 항구이다.

위미항을 돌아서 나오면 다시 바닷가 해안도로로 나오는데 그곳에서도 방파제가 올레꾼들을 보호해준다. 위미리 방파제이다. 위미리 방파제는 제주의 돌담 형식으로 만들었다. 남원리의 그것보다는 훨씬 더 정이 간다. 간단한 유모나 경구들이 써 있어서 미소를 띠게 만드는 구절들이 많이 있었다. 그렇게 한쪽으로 바다와 방파제를 따라 가다보면 사진말갤러리가 나오고 그곳을 지나고 넙빌레에 다

위미리 방파제

다른다. 넙빌레는 위미리 주민들이 더위를 식히는 담수욕장이라고
한다. 넙빌레라는 말은 넓은 암반지대라는 뜻의 제주어다. 즉, 얕으
막힌 바다가 펼쳐진 지역이라고 할 수 있다.

넙빌레를 지나면 신례리의 하늘색 방파제가 보인다.

신례리 방파제

세 마을의 방파제에서 보는 바다와 하늘이 나름의 그림을 그리고
있다. 세 방파제 중에 마음에 드는 것을 고르라면 위미리의 방파제
가 아닐까 한다. 왜냐하면 가장 제주스러운 모습으로 사람들을 반
겨주는 듯 하기 때문이다.

고려시대말, 세금으로 거둔 물자와 말을 원나라로 보내던 포구였
던 망장포구를 지나고 봉수터인 예초망을 옆으로 해서 마을로 들어

간다. 귤나무들이 지렛대에 의존하고 있는 것이 보인다. 방파제들이 이곳에 발달한 것과 궤를 같이 하는 것 같다. 아마도 바람이 많은 곳이라서 그런 것 같다.

마을을 벗어나서 차도로 들어서면 멀리 하천이 보인다. 하천은 효돈천이다. 이 효돈천을 가로지르는 쇠소깍 다리가 나오고 반대 방향으로 건너가서 살짝 방향을 틀어 쇠소깍쪽으로 가면 그곳에 간세가 수고했다고 말을 붙인다.

효돈천

올레가 찾은 맛집

공천포 식당

공천포 식당은 공천포구 가까운 곳에 위치하고 있다. 5코스를 한 2km 남기고 공천포구로 들어가게 되는데 공천포구를 들어가면서 바로 오른쪽에 공천포 식당이 보인다. 2층 건물이어서 금방 눈에 들어온다. 당연히 올레꾼들은 바쁜게 없으니 천천히 5코스를 끝내기 전에 들러서 시원한 물회 한그릇 먹으면 공복도 해결되고 갈증도 해결된다.

이곳의 주 메뉴는 물회이다. 제주도 물회 맛에 푹 빠질 수 있다. 특히 소라물회가 꼬들꼬들하고 맛이 좋지만 겨울에만 맛볼 수 있다. 이곳의 휴무일은 목요일이다.

쇠소깍-서귀포 올레

쇠소깍과 정방폭포

코스

쇠소깍다리 - 쇠소깍 - 제지기오름 - 구두미포구 - 검은여해안 - 칼호텔 - 서복전시

관 - 이중섭거리 - 서귀포매일올레시장 - 제주올레 여행자 센터

6 코스　쇠소깍 - 서귀포 올레

쇠소깍 다리
(시작)

쇠소깍
죽은안내소

소금막 위 나무정자

제지기오름 정상

게우지코지

제지기오름 입구
제지기오름 출구

보목포구

국궁장

보목하수처리장

구두미포구

소천지

전망대

소정방폭포, 소라의 성

검은여쉼터

정방폭포 안내소

소암기념관

서귀포매일올레시장 입구

이중섭거리

서귀진성

서귀포
제주올레여행자센터
(도착)

섶섬

문섬

효돈천을 따라서 바닷가쪽으로 가면 쇠소깍이 나온다. 효돈천과 바다가 만나는 지점인 쇠소깍은 관광지로 유명한 곳이어서 여름이면 더위를 피하기 위해서 사람들이 많이 모여든다. 쇠소깍 나무 다리를 따라서 걷다보면 아름다운 효돈천과 그 주위의 자연을 볼 수 있다. 사람들은 투명카약이나 테우를 차면서 자연을 감상하고 더위를 식힌다.

효돈천은 백록담에서 발원하여 서귀포쪽으로 방향을 잡고 쇠소깍으로 흘러가는 개울이다. 효돈천 자체도 그 아름다운 모습이 두 눈을 사로잡지만 효돈천의 하류지점이자 바다와 만나는 지점인 쇠소깍은 그 아름다움을 어떤 곳과도 비교할 수 없을 정도이다.

쇠소깍에서 뱃놀이를 하는 사람들

백록담의 정기와 비경을 품은 쇠소깍

쇠소깍은 용암으로 이루어진 기암괴석, 하식작용에 의해 이루어진 하천지형이 절경을 이룬다. 쇠소깍 해변은 검은색 모레로 된 검은 모레 해변이어서 주위가 검은 느낌이 기이함을 더한다. '소'는 크고 깊은 못이란 뜻이며, '쇠소'는 소가 누운 모양의 깊은 못이란 뜻이다. 뒤에 붙은 '깍'은 끝이란 뜻의 제주도 말이다.

쇠소깍에는 슬픈 전설이 있었다. 부잣집 무남독녀와 동갑내기인 그 집의 머슴이 사랑을 했지만 신분상 서로 사랑을 이룰 수 없다는 것을 안 총각이 쇠소깍 상류에서 몸을 던져 자살을 하였다. 그리고 이를 나중에 안 처녀가 총각의 죽음을 슬퍼하여 시신이라도 수습하게 해달라며 100일 동안 기도를 드렸는데 큰 비가 내려서 총각의

쇠소깍에서 뱃놀이를 하는 사람들

아름다운 쇠소깍과 효돈천을 배경으로 한 장

시신이 냇물에 떠오르고 처녀는 시신을 부둥켜 안고 울다가 기원바위로 올라가서 쇠소에 몸을 던져 죽었다는 이야기이다.

이후 마을 사람들은 당을 마련에 영혼을 모시고 마을의 안녕과 번영을 지켜주도록 기원을 드리게 되었는데 그것이 지금 마을 사람들이 제를 지내는 할망당이라 불린다고 한다.

이렇게 쇠소깍은 옛날부터 마을에서는 성소로 여길 만큼 신성한 곳이었기 때문에 여기 돌을 던지거나 큰소리를 내면 용이 노해서 갑자기 바람이 불고 일기가 나빠진다고 한다.

누군가 돌을 던진 것이 분명하다. 제주의 날씨가 변덕스러운 것이 다 이 탓이 아닐까(?) 한번 생각해본다.

한바탕 사람 많은 쇠소깍 관광지를 지나서 해변을 따라서 조금 걸어서 나오면 소금막이 있다.

소금이 귀하던 시절 소금을 생산하고 저장하기 위한 병사들의 막숙이 있었던 지역인 소금막을 지나서 하효리로 길이 지나는데 이 길은 약간 높은 지역으로 바닷가에 다양한 형태의 바위들과 코지(육지에서 바다로 툭 튀어나온 곳을 뜻하는 제주도 방언) 그리고 명소가 있다. 용천수가 많이 나는 양수물, 빈전복껍데기 같아 보인다는 게우지(전복내장, 게웃)코지, 바다철새들이 놀았다는 생이돌(고기잡이 떠난 아비를 가다리는 어미와 아들의 모양이라는 뜻에서 모자바위), 배를 대기가 좋은 곳이라는 배내듯개, 소금을 생산하였던 소금코지, 해녀들이 물질과 수영을 배울 때 이용하는 큰업통, 하효동과 보목동의 경계가 되는 골매 등이 그것이다.

생이돌(모자바위)

이렇게 약 3km 길이 이어진 뒤 보목마을로 들어선다. 보목마을 안쪽으로 들어가서 모처럼만에 바닷가를 벗어난다. 제지기 오름을 오르기 위해서이다. 제지기 오름은 오르는 길에 계단을 길게 늘여 놓았는데 경사가 만만치 않기 때문에 그렇게 계단을 만들어 놓은 것 같다. 하지만 제주도의 오름은 쉬면서 올라갈만하지 않고 단숨에 올라가야 제맛을 느낄 수 있다. 한번에 제지기 오름에 오르면 정면에 섶섬이 가득하게 눈앞에 들어온다. 오른쪽에는 한눈에 보목마을이 들어온다.

제지기 오름 정상에서 보이는 섶섬

제지기 오름을 내려오면 아스팔트 길을 걷게 된다. 구두미포구

를 지나서 걷다가 아스팔트 길을 벗어나서 다시 작은 숲길로 들어
선다. 숲길은 휴양시설의 뒤편이거나 제주대학교의 뒤편을 지나서
간다. 그렇게 조심스럽게 숲을 가다보면 물 흐르는 소리가 어딘가

소정방폭포

에서부터 크게 들려온다. 바로 소정방폭포로 흘러가는 물살과 폭포
소리이다. 살짝 돌아서 가보면 소정방폭포가 한 눈에 들어온다.

정방폭포

뭍과 바다를 이어주는 정방폭포

소정방폭포가 시원하고 명쾌하더라도 정방폭포의 그것과는 비교
가 되지 않는다. 소라의 성을 지나면 스탬프를 찍는 곳이 나오고 정
방폭포쪽으로 이어지는 산책로가 나온다. 산책로를 따라가다 정방

폭포 주차장으로 나온다. 올레길은 정방폭포 관람을 위한 곳으로 들어가지 않지만 정방폭포 옆을 그냥 지나치는 것은 제주도에 온 보람은 아닐 것이다. 왜냐하면 정방폭포는 천제연폭포, 천지연폭포와 더불어 제주도 3대 폭포 중의 하나이고, 높이 23m, 너비 8m에 깊이 5m에 달하는 국내에선 유일한 뭍에서 바다로 직접 떨어지는 폭포이기 때문이다. 정방폭포는 그 위용이 대단하다. 그 앞에 서면 인간이 작아짐을 느끼게 된다.

올레6코스는 정방폭포 옆 서복전시관 진입로 쪽으로 나 있다. 서복전시관을 가기 전에 오른쪽에 서복불로초공원이 있다. 이 공원은 2200년 전 진시황의 사자인 서복이 시황제의 불로장생을 위한 불로초를 구하기 위해서 삼신단의 하나인 영주산을 찾아 정방폭포 해안에 닻을 내리고 영주산에 올라 불로초를 구한 뒤 돌아가면서 정방폭포 암벽에 서불과지(徐市過之)라는 마애명(암벽에 새긴 글자)을 새겨 놓았고, 이것이 서귀포라는 지명의 유래가 되었다고 한다. 서복전시관은 이 전설과 얽힌 자료들을 모아놓은 곳이다.

서복전시관을 지나서 이제 서귀포시 정방동, 즉 건물이 복잡하고 사람들이 바글바글한 곳으로 올레길이 이어졌다. 도심을 조금 걷다 보면 우뚝 솟아있는 서귀진지가 있다. 이곳을 지나서 한참을 가다 보면 이중섭 산책로가 나온다. 솔동산 문화의 거리내에는 이중섭 미술관뿐만 아니라 이중섭이 살았던 집도 보존되어 있다. 두 평남

짓한 작은 방을 보면 여러 가지 생각을 하게 만든다.

올레길은 시내를 가로질러서 가고 제주올레여행자센터로 인도한다. 그리고 그 앞이 6코스가 끝나는 지점이다.

서귀포-월평 올레

외돌개와 수봉로

코스

제주올레 여행자센터 - 서귀포칠십리시공원 - 삼매봉 오르는 길 - 외돌개 주차장 -

폭풍의 언덕 - 외돌개 전망대 - 돔베낭길 주차장 - 속골 - 법환포구 - 일강정 바당올

레 - 올레요7쉼터 - 월평포구 - 굿당 산책로 - 월평아왜낭목쉼터

7 코스 서귀포 - 월평 올레

79

7코스는 서귀포 시가지를 벗어나면서 서귀포칠십리공원으로 들어간다. 서귀포칠십리라는 이름이 재미있다.

'서귀포칠십리'에 대한 기록은 맨 처음 1416년(조선시대 태종16년) 안무사(按撫使, 조선때 지방에 변란이나 재난이 있을 때 왕명으로 파견되어 백성의 사정을 살피던 임시벼슬) 오식(吳湜)에 의해 제주도 행정구역이 제주목, 대정현, 정의현으로 나누어 졌고, 1423년(세종 5년) 안무사 정간(鄭幹)에 의해 정의현청(고성)이 현재의 표선면 성읍마을로 옮겨지면서 정의현청에서 70리 떨어진 지역이라는 개념이 생겼다. 1653년 제주목사 이원진에 의해 발간된『탐라지』에 의하면 서귀포는 정의현청에서부터 서쪽 70리에 있으며, 원나라에 조공을 바칠 때 순풍을 기다리던 장소, 즉 후풍처였다고 전해지

서귀포칠립리 공원내 산책로

고 있다. 바로 여기서 서귀포칠십리라는 말이 나오게 되었다.

서귀포칠십리공원을 들어가게 되면 제주도 3대 폭포 중의 하나
인 천지연폭포를 멀리서 볼 수 있다. 공원 내 전망대에서 그 모습을
볼 수 있다. 물론 멀리 떨어져 있어서 보기가 그렇게 수월하지는 않
지만 그래도 폭포의 위용만은 그대로 느낄 수 있다.

전망대를 지나서 덕판배미술관 사이로 난 사잇길로 공원을 나간
뒤 도로를 따라서 가다가 삼매봉에 오른다. 올레길을 따라서 삼매
봉에 오르는 길은 경사가 완만한 아스팔트 길이다.

해발 153m밖에 되지 않는 삼매봉 꼭대기에는 남성정(南星亭)이
있으며 여기 서면 서귀포를 중심으로 한 남제주 일원이 한눈에 들

삼매봉에서 바라본 서귀포시

어온다. 삼매봉은 남제주의 망루이자 서귀포를 지키는 수문장이다.

남성정 의자에 앉아서 잠깐 휴식을 취하고 올레길을 계속 이어가는

것이 좋다.

　삼매봉을 내려가는 길은 나무계단으로 되어 있다. 삼매봉 바로

밑에는 황우지선녀탕이 있다. 황우지는 황고지가 변한 것이고, 황

고지는 무지개의 제주 고어이다. 무지개 모양

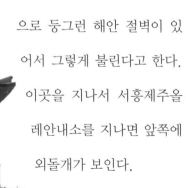

으로 둥그런 해안 절벽이 있

어서 그렇게 불린다고 한다.

이곳을 지나서 서흥제주올

레안내소를 지나면 앞쪽에

외돌개가 보인다.

남성정

우뚝솟은 외돌개와 해안 산책로

외돌개는 돌이 홀로 서 있어서 붙여진 이름으로 높이는 20m, 폭은 7~10m에 이르는 거대한 해상 바위이다. 화산이 폭발하여 분출된 용암지대가 파도의 침식작용에 의해서 형성된 돌기둥이다. 이것은 약 12만년 전에 형성된 것으로 보인다고 한다. 특히 고려말 최영 장군이 원나라 세력인 목호를 물리칠 때 범섬으로 달아난 잔여 세력들을 토벌하기 위하여 바위를 장군 모습으로 변장시켜 물리쳤다고 해서 '장군바위'라는 이름도 가지고 있다.

외돌개의 독창적이고 아름다운 모습은 제주에서 꼭 봐야할 곳 중

모양도 특이한 외돌개의 모습

의 하나이다.

외돌개를 지나게 되면 한쪽은 절벽인 해안산책로가 이어진다. 특히 이곳은 경치가 아름다운 지역이어서 제주도에서 가장 오래전에 개발된 곳이기도 하다. 올레꾼만이 아니라 다양한 관광객들과 마주칠 수 있는 길이다. 산책로에서는 외돌개를 다시 만날 수 있기도 하다.

오른쪽에 야자수들이 높이 솟아있는 길을 걷다가 마을로 올레길은 이어진다. 마을을 한 바퀴 돌고 나온 올레길은 다시 해변으로 가면서 마을 주민들이 여름을 식힌다는 속골로 이어진다.

사람들이 많았던 길을 뒤로 하고 해안으로 들어가면 정글터널길인 수봉로가 나온다.

이국적인7코스 올레길의 풍경

올레꾼들이 가장 사랑하는 자연생태길 수봉로

수봉로는 세 번째 올레 코스 개척 시기인 2007년 12월에 길을 찾아 헤매던 올레지기 김수봉이 염소가 지나가는 것을 보고 삽과 곡괭이만으로 길을 만들었다고 한다. 실제로 수봉로는 간신히 몸 하나 빠져나갈만한 터널과 가파른 경사, 다듬어지지 않은 해변길 등 걸어가는 재미가 솔솔하기도 하고, 잠깐잠깐 비추어지는 햇빛과 자연스러운 바다 모습에 흠뻑 빠질 수 있는 길이다. 지금까지의 길이 사람들로 북적여서 번거로웠다는 생각이 들면 수봉로는 그것을 충분히 만회해주는 길이다.

수봉로는 이렇게 바닷가 작은 숲 속의 길이면서 동시에 해변으로 이어지는 길이다. 아기자기하기도 하고 험하기도 한 수봉로를 지나

면 해변의 포장도로로 이어진다. 포장도로는 막숙으로 간다. 막숙은 목호의 난 때 최영 장군이 막을 치고 군사를 독려하며 목호의 잔당들을 섬멸하였던 곳이라고 해서 붙여진 이름이라고 한다. 막숙을 지나면 법환포구로 들어선다. 법환포구를 지나서 이번엔 차도를 따라서 올레길은 이어진다.

최영장군승전비와 법환어촌계의 잠녀숨비소리를 지나서 바닷길로 계속 이어진다. 그러다 바닷가 자갈밭으로 들어간다. 일강정 바당올레이다. 7코스 개척 당시에는 너무 험해서 지나갈 수 없었으나 사람들이 직접 돌들을 일일이 고르고 옮긴 끝에 2009년 2월에 자갈들이 아름답게 펼쳐진 길을 열었다고 한다. 실제로 길을 열었다고 해도 험한 모습을 그대로 간직하고 있어서 어떻게 이런 길을 개

일강정 바당올레

올레 쉼터에서 바라본 서건도와 올레쉼터의 소품들

척할 생각을 했을까 하는 생각이 들게 만든다. 그렇게 자연스러운 바다의 제주를 구경하며 걷다가 보면 썰물 때 물이 갈라져서 걸어 건널 수 있는 서건도(제주도 명은 썩은섬)가 보인다. 이곳에는 돌고래도 자주 출현한다고 한다. 그리고 쉼터가 보인다. 쉼터를 지나서 가다보면 개천이 보인다. 이곳이 바로 은어 서식지로 유명한 맑고 깨끗한 강정천이다.

　강정천을 따라 올라가니 강정마을이 나온다. 강정마을은 여전히 살아서 꿈틀거리고 있다. 생존투쟁이 진행되고 있는 것이다. 강정 마을을 통과하여 김영관센터를 지나면 달빛을 은은하게 품었다고 하는 자그마한 월평포구가 나온다.

　월평포구를 지나서 해변을 따라서 이어진 올레길을 따라서 가면

강정마을은 여전히 싸우고 있었다

굿당 산책로가 나온다. 굿당 산책로는 쾌적한 기분으로 걸을 수 있는 숲에 난 작은 오솔길이다. 굿당 산책로를 기분좋게 걸어서 가다 보면 올레길은 다시 마을 안으로 들어간다. 마을을 헤집고 이리저리 가다가 차도를 따라서 가다보면 월평 아왜낭목 버스정류장이 나온다. 버스정류장을 조금 지나면 올레 7코스가 끝남을 표시하는 간세가 서있다.

서귀포 터미널-서귀포 올레

고근산과 하논분화구

코스

서귀포터미널 - 대신중학교 - 월산동 입구 - 엉또폭포 입구 - 틀낭숲길 - 고근산 정상

- 제남 아동복지센터 - 봉림사 - 하논 분화구 - 걸매생태공원 - 제주올레 여행자센터

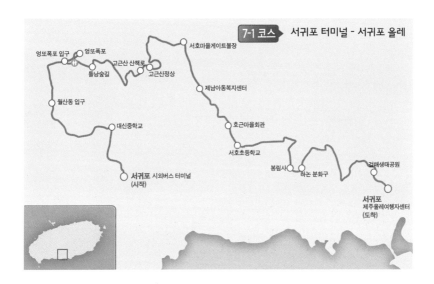

7-1코스는 제주월드컵경기장 뒤편의 서귀포시외버스터미널 앞에서 시작이 되어 6코스가 끝나는 지점인 제주올레여행자센터 앞에서 끝이 난다.

출발부터 대로를 가로질러 간 뒤 서귀포시 도로원표가 있는 공원 안으로 들어간다. 공원으로 들어서면서부터는 어딘가 계속 올라가고 있다는 생각을 하게 만든다. 그리고 실제로 고근산 정상에 오를 때까지 쉼없이 이어진 경사를 올라가야만 하는 코스이다. 그리고 고근산을 넘어가면 어딘가로 계속 내려간다는 생각을 지워버릴 수 없다(실제로도 거의 끊임없이 아래로 내려간다).

공원을 가로 질러서 가다보면 경사가 있는 도로가 나오고 그 끝

공원을 가로질러서 언덕을 계속 올라가야 한다

에는 수십개의 계단이 기다리고 있다. 그 계단을 넘어가면 다시 경사진 언덕길을 올라간다. 어느정도 올라갔다고 생각했을 때 아파트 뒤편으로 길이 이어지고 그렇게 가나보다라고 생각할 때쯤 다시 작은 숲 안 언덕으로 올라가게 된다. 작은 숲을 지나면 다시 마을을 관통하는데 그길은 월산3교로 이어진다. 다리를 건너면 길은 엉또폭포로 이어진다. 엉또폭포는 평소에는 거의 보이지도 않고 메말라 있는 지역이지만 비만 오면 위용을 보이며 커다란 폭포를 형성한다고 한다. 엉또는 작은 굴의 입구를 뜻하는 제주어이다.

올레길은 엉또폭포로 이어지는 나무 다리로 길을 안내한다. 하지만 비가 많이 오지 않으면 폭포를 구경하는 것은 불가능하다. 그럼에도 불구하고 엉또폭포가 차지하고 있는 산세는 훌륭하다. 게다가

엉또폭포가 있던 자리의 산세가 장엄하다못해 무섭기까지 하다

몽골의 목호들이 이곳 어딘가에 보물을 숨겨두었다는 전설도 있으니 뚫어지게 이곳 저곳을 쳐다보게 된다(물론 아무 소용없지만).

폭포가 없는 엉또폭포를 돌아 나온 뒤 엉또폭포를 좌로 하고 다시 산 언덕을 올라간다. 언덕을 오르면서 보이는 왼쪽의 엉또폭폭가 있던 산세는 장엄하다못해 무섭게까지 느껴진다. 제주의 산세들을 보면 가끔씩 어떻게 이렇게까지 무서운 모습을 하고 있을까 하는 생각을 한다. 그만큼 역동성이 있다는 이야기일 것이다. 도시의 파헤쳐진 산세와는 전혀 다른 그런 느낌인 것이다. 도시의 산들은 주눅이 들어 있어서 활기를 못 펼치고 있는 듯한 느낌이지만 이곳의 산세는 '내가 산이다'라고 외치는 듯하다. 한참을 호젓한 길을 가다보면 마침내 고근산을 오르는 계단이 보인다.

서귀포시 신시가지를 한 눈에 볼 수 있는 고근산

서귀포시 신시가지를 감싸고 있는 오름인 고근산은 시야가 탁 트여있어 날씨가 좋으면 제주도 남동쪽의 마라도에서부터 제주도 남쪽의 지귀도까지 제주 남쪽 바다와 서귀포시의 풍광이 한눈에 들어온다. 서귀포 신시가지의 야경을 보기에도 좋은 장소이라고 한다. 하지만 야경을 보기에는 한적한 곳이기에 여러 사람들과 어울려서 올라야 할 것이다. 고근산은 다른 오름에 비하면 그래도 꽤 높은 편이다. 앞서서 계속해서 오르고 오른 경사가 그나마 고근산을 오르는데 많이 힘이 되어준다. 고근산에서 바라보는 제주도는 마치 모든 제주도가 그 밑에 있는 듯 탁 트이게 넓게 펼쳐져 있다. 서귀포 신시가지 뿐만 아니라 멀리 바다와 숲까지 훤히 내려다 보인다.

고근산 정상에서 바라보이는 서귀포 신시가지

고근산 정상에서 내려다 보이는 숲

고근산을 내려오면 아래쪽으로 길게 뻗은 대로를 만나게 되고 그 대로를 따라서 가다가 스탬프가 있어야할 간세를 발견한다. 그런데 스탬프는 없고 도난이 잦아서 없앴다는 안내표지판만 써 있었다. 안타까운 일이 아닐 수 없다. 좀도둑이 없기로 유명한 대한민국에서 이런 일이 자주 일어난다는 것은 누군가 어떤 불이익 또는 불편을 겪고 있다는 이야기이다. 그걸 분명히 밝혀내는 것이 필요하지 않을까 하는 생각을 한다.

호근동 마을 길로 들어간 일주 동로를 건너서 가면 올레길은 봉림사로 연결이 된다. 봉림사 앞으로 난 좁은 길을 걸어나오면 제주

도에서 보기 힘든 논들이 쫙 펼쳐져 있다. 하논분화구이다.

5만년의 역사를 간직한 하논분화구

하논분화구는 과거 5만년 동안 기후, 지질, 식생 등 환경정보가 고스란히 보관되어 있느 생태계의 타임캡슐과 같은 곳이다. 이곳은 우리나라 최대의 화산 분화구로 칼데라 지형을 가지고 있다. 이 분화구는 마르(maar)형 분화구로, 현재 농민들이 농사를 짓는 논이 되어 있다. 마르형 분화구는 용암 분출로 생성된 일반적인 화산 분화구와 달리 용암이나 화산재 분출 없이 지하 깊은 땅속의 가스 또

제주도에서 보기 드문 논평야

는 증기가 지각의 틈을 따라 한 군데로 모여 한번에 폭발하여 생성
된 분화구를 말한다. 지표면보다 낮게 형성된 화산체로, 산체의 크
기에 비해 매우 큰 화구를 갖는 것이 그 특징이다. 깊이가 약 90m
에 달하고, 동서방향 1.8km, 남북방향 1.3km의 타원형 화산체를
형성하고 있는데 3만~7만 6000년 이전에 생성된 것으로 추정되고
있다.

하논분화구는 국내에서는 드문 이탄(泥炭)습지로, 응회환 화산체
와 분석구(scoria cone)가 동시에 나타나는 이중화산으로 고기후와
고식생 연구 및 기후 변동예측 연구 등의 최적지로 알려져 있다.

하논분화구 바닥에는 하루 1000~5000 ℓ 의 용천수가 분출돼,
500여 년 전부터 벼농사를 짓는 논으로 사용됐다. 하논은 '논이 많

다'는 제주 말로, '큰 논(大沓)'이란 뜻의 '한 논'이 변형된 것으로 추정되고 있다.

뜻밖의 논과 하논분화구의 웅장함을 바라보면서 내려오면 길은 다시 일주 동로로 이어지고 그것은 서귀포칠십리공원과 도로 하나로 맞닿은 걸매생태공원으로 들어가게 된다. 걸매생태공원을 통과하여서 서귀포 시가지로 들어가서 골목길을 걷다가 제주올레여행자센터를 다시 만나게 된다.

호근리도 4 · 3으로부터 자유롭지 않았다. 호근리에서의 4 · 3의 피해를 알리는 표지석

월평–대평 올레

주상절리대와 대왕수천 예래생태공원

코스

월평 아왜낭목쉼터 - 약천사 - 주상절리 관광안내소 - 베릿내오름 전망대 - 중문색달

해수욕장 - 하얏트 호텔 - 중문관광단지 안내소 - 예래생태공원 - 논짓물 - 하예포구

- 대평 해녀탈의장 - 대평포구

8코스의 시작은 월평리의 작은 버스정류장인 월평아왜낭목에서부터 시작된다. 멀리 보이는 바다를 보면서 좁은 도로를 따라서 걷다가 펜션 안 주차장으로 들어간 올레길은 펜션을 가로지른 뒤 약천사앞으로 지나간다. 약천사 앞을 지나서 작은 숲 속을 통과해서 가면 차도가 다시 나온다. 차도를 따라서 가다가 바닷가로 빠지는 인도를 따라서 가다보면 예전에는 해양 교통의 중요한 역할을 했다고 하는 자그마한 대포포구가 나온다. 대포포구를 지나서 다시 마을길과 차도를 번갈아가면서 지나가면 중문단지 축구장이 나온다. 올레길은 이 축구장 옆으로 이어진다. 축구장을 지나서 바닷가로 이어지는 해안 도로를 따라서 걸어가다보면 대포연대를 나타내는 표시가 있고 그 표시 뒤로 주상절리대를 볼 수 있다.

월평리 좁은 차도 건너편으로 보이는 바다

웅장한 자연의 힘 주상절리대

주상절리(柱狀節理)는 용암이 급격하게 식어서 굳을 때 육각 기둥모양으로 굳어져 생긴 지형을 이르는 말이다. 이러한 주상절리는 우리나라에서는 포항, 광주, 양남, 울산 등에서도 볼 수 있지만 제주 중문·대포 해안 주상절리대(濟州 中文·大浦 海岸 柱狀節理帶)는 특히 신비하고 아름다운 모습을 하고 있다. 제주도의 서귀포시 중문동·대포동 해안을 따라 분포되어 있는 제주중문·대포해안 주상절리대는 그 거리만 해도 약 3.5km에 이르며, 용암의 표면에는 자갈 모양의 덩어리인 클링커가 형성되어 거친 표면을 보이나, 파도의 침식에 의해 드러나고 있는 용암단위(熔岩單位)의 중간 부분을 나타내는 그 단면에서는 벽화와 같은 아름다운 주상절리가

올레길에서는 주상절리대를 멀리서만 볼 수 있다

잘 발달되어 있다.

제주중문 · 대포해안 주상절리대는 현무암 용암이 굳어질 때 일어나는 지질현상과 그 후의 해식작용에 의한 해안지형 발달과정을 연구 · 관찰할 수 있는 중요한 지질 자원으로서 학술적 가치와 경관이 뛰어난 곳이다.

아름다운 주상절리대를 멀리서 바라보면서 올레길은 중문,대포 해안 주상절리대 주차장으로 올라간다. 그리고 관리사무실 앞의 스탬프 간세를 보게 된다. 그리고 올레길은 아름다운 해변공원 안으로 계속 이어지다 거대한 리조트와 호텔들 사이의 길로 나가 대로를 따라 가면 오른쪽에 베릿내공원이 보인다. 올레 8코스는 베릿내 공원을 통해서 성천봉까지 올라갔다가 다시 내려오는 길을 만들어

중문대포해안 주상절리대 광장. 이곳에서 주상절리대를 가까이 보러 갈 수 있다.

놓았다. 성천봉의 세 봉우리 동오름, 섯오름, 만지섬오름을 돌아서

나오면 올레길은 천제2교 아래쪽으로 내려가면서 개천을 건넌 뒤

요트 계류장으로 간다. 요트 계류장에는 사람들이 제법 많이 있었

다. 요트 계류장 옆으로 산책로가 이어진다. 이 길은 중문색달해변

으로 들어갈 수 있는 길이다. 중문색달 해변의 뒷길로 가는 것이 편

한데 뒷길로 들어서면 갑자기 길이 외지다는 생각을 하게 된다. 마

치 음산한 뒷길 같은 생각이 든다. 중문색달해변을 지나면 올레길

은 다시 리조트 단지를 뚫고 지나간다. 왼쪽으로 골프장을 끼고 한

참을 시내쪽으로 가다보면 중문 관광단지 안내소가 나온다. 서귀포

최고의 번화가인 듯 하다. 전의 해병대길은 이 리조트 단지 뒤의 해

변으로 길이 나 있었지만 지금 그쪽 길은 폐쇄되어서 이렇게 돌아

중문색달 해변

서 가야만 하였다. 하지만 덕분에 새로운 좋은 길을 만나게 될 수
있다. 바로 대왕수천 예래생태공원이다.

소박한 자연 대왕수천 예래생태공원

대왕수천 예래생태공원은 2012년에 대왕수천을 기반으로 하여
조성한 공원이다. 이곳에는 대왕수1교 교각을 활용하여서 자연생태
의 모습을 담은 벽화와 야외무대 등을 조성하였다. 아래쪽 저류조
에는 습지생태와 어울리는 수생식물들 1600본을 식재하여서 습지
식생을 복원하였고, 관광객들을 위한 다양한 포토존도 만들어 놓고
관광객을 부르고 있다.

물이 맑아서 대왕수천에는 예전부터 은어, 송사리 등이 서식하고

있었기 때문에 이곳을 생태복원 작업을 하여 생태학습장 및 휴식공간을 만든 것이기에 자연스러움과 친환경적인 모습은 공원의 매력이다. 그럼에도 불구하고 많은 사람들이 찾아오지 않는 것은 아마도 중문관광단지의 화려함에 밀려서일 것이다. 반면에 올레꾼들에게는 제주도 다른 지역에서는 찾기 힘든 아기자기한 공원에 흠뻑 빠질 수 있는 기회를 갖게 된다. 자연스럽게 만들어 놓은 구간들도 있지만 인위적인 구조물들로 아기자기하게 만들어 놓은 구역들도 있다. 제주도민들에게는 익숙한지 가족 단위로 와서 즐기는 사람들이 눈에 보였다. 도민들을 위한 휴식공원인 것이다.

예래생태공원은 생각보다 오랫동안 걸어야 한다. 이것 저것 구경하면서 걷다 보면 생각했던 것 보다도 훨씬 많은 시간을 공원에서

논짓물 한쪽에 아이들이 튜브를 타고있다

보내야 한다. 생태공원을 빠져나오면 바로 바닷가로 이어지고 이 길은 논짓물로 연결된다. 논짓물은 바닷가 가까이에 있는 논에서 나는 물이라는 뜻인데 바다로 흘러가는 쓸데 없는 물이라는 의미도 있다고 한다. 이 물을 이용해서 마을 주민들은 여름 물놀이 장소로 사용한다. 그야말로 물의 재활용인 셈이다. 왁자지껄한 모습은 없지만 그런대로 충분히 만족할만한 물놀이장이었다.

이어지는 길은 휠체어코스이다. 오른쪽에 환해장성을 끼고 가는 해안도로를 따라서 간다. 당포연대가 오른 쪽에 보인다. 연대라는 것은 조선시대에 변경의 제일선에 설치한 대라고 한다. 이 연대에는 각종무기와 생활필수품을 보관하였고, 병사들이 지키고 서서 변경에서 일어나는 일을 관측하는 곳이라고 한다. 제주도에는 이렇게

9코스 시작점인 대평포구와 박수기정

연대가 곳곳에 많이 있는데 아마도 우리나라 땅의 끝이기 때문일 것이다. 당포연대를 오른쪽에 두고 하예포구를 돌아서 바닷길을 계속 가다보면 앞쪽에 멀리 박수기정의 절벽이 보인다. 그 박수기정을 채 못 간 지역이 대평포구이다. 대평포구 한쪽에 올레 간세가 박수기정 쪽으로 머리를 하고 보무도 당당하게 서 있다.

주상절리 공원 내 돌하루방들

대평-화순 올레

박수기정과 안덕계곡

코스

대평포구 - 몰질 - 박수기정 - 볼레낭길 - 월라봉 - 진지동굴 - 올랭이소 정상 - 황개

천 - 폭낭쉼터 - 화순해경파출소 - 화순금모래해수욕장

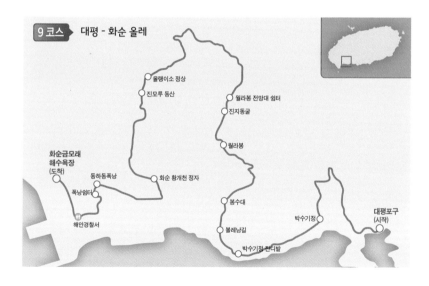

9코스 시작점에서 스탬프를 찍는다

　　올레 9코스는 올레꾼들이 가장 적은 지역으로 유명하다. 사실 8km도 안 되는 길이니 가장 간단하게 도전해보는 길이어야 할 것 같다. 그런데도 그 오르고 내리는 경사와 길이가 만만치 않기 때문인 것 같다. 그러나 막상 길을 걷다보면 그렇게 어렵다고만 볼 수 없는 길이니 덤덤하게 도전해보는 것이 좋을 듯 하다.

　　대한민국에서 걷기를 좋아하는 사람들은 산을 좋아할 것이고, 산을 좋아하는 사람들에게 이만한 경사는 아무렇지도 않게 느껴질 수 있기 때문이다. 다만 인적이 드물다보니까 혼자서 걸어가기가 조금은 무서운 세상이니 그것만 염두에 두면 될 것이다.

　　대평포구에서 시작되는 9코스는 시작하고 바로 산을 오르듯 올라가야 하는 몰질이 나타난다. 바로 박수기정 정상쪽으로 올라가는 길이다.

마르지않는 샘 박수기정

박수기정은 대평포구 바로 옆에 병풍처럼 놓인 깎아지른 절벽을 가리키는 말이다. 기정이라는 말은 벼랑의 제주 사투리이다. 박수라는 이름은 바가지로 마시는 샘물이라는 뜻이다. 지상1m 암반에서 1년 내내 샘물이 솟아나오는 이 물은 특히 이 샘물이 피부에 좋다고 해서 백중날 물맞이를 하는 곳으로도 유명하다고 한다.

박수기정이 어떻게 생겨났을까하는 생각은 이곳에 전설을 만들었다. 이곳에서 용왕의 아들이 스승에게 학문을 배우는데 서당 근처의 냇물소리가 늘 공부에 방해가 되었다고 한다. 용왕의 아들이 3년 동안의 공부를 마치고 떠나면서 스승에게 소원을 하나 들어주겠다고 했고, 스승은 냇물소리가 안들리게 해달라고 했단다. 그래

박수기정을 향해서 걸어간다

박수기정 정상을 향해서 가는 길 평상에서 한 숨을 돌린다

서 용왕의 아들은 박수기정을 만들어 물 소리가 나지 않게 하였고, 반대쪽에는 군산을 만들었다고 한다. 즉 박수기정은 방음장치의 하나이다.

그래서 그런지 물질을 따라서 올라간 박수기정 정상은 다른 곳보다 조용하였다. 박수기정 위에 올라가면 드넓게 펼쳐진 밭을 보고 어떻게 여기에 올라와서 이렇게 밭을 일궜을까 하는 생각을 하게 된다. 하지만 평평한 정상을 걸어서 반대편으로 가면 그곳은 그렇게 경사가 심하지 않다는 것을 알 수 있다. 비닐하우스와 밭들 사이로 걸어가다가 평상이 보이고 제주도를 내려다 볼 수 있는 전망대가 있다. 전망대를 지나서 숲길을 가다 보면 볼레낭길이 나온다. 제주어로 보리수나무를 볼레낭이라고 부른다고 한다. 길은 봉수대

박수기정 정상쪽에서 바다를 바라본다

로 이어진다. 봉수대를 지나서 월
라봉으로 향하는 나무계단을 타고
올라간다. 월라봉 정상 근처로 도
는 올레길의 곳곳에는 진지동굴이
있었다. 일본 강점기 기간에 도민
들을 동원하여서 파 놓은 동굴들이
여전히 그때의 상처를 보여주면 보
존되어 있다. 올레길을 걷다보면
이러한 진지동굴 등의 일제의 물불
리지 않았던 야욕의 모습들이 보인
다. 한편으로 마음이 너무 아프기

일제의 야욕은 제주도 곳곳에 있다. 진지동굴

도 하고 다른 한편으로는 어떻게든 후대에 물려줄 자연을 잘 보호해야 겠다는 다짐을 하게 된다. 씁쓸한 마음으로 진지동굴들을 보면서 지나간다. 진지동굴들을 지나서 월라봉 전망대에서 바라본 제주에는 커다란 건물이 있었다. 인간들이 살고 있는 자연의 환경을 파괴하고 있지만 인간에게는 꼭 필요한 발전소 건물이었다. 아마도 인간 역사의 아이러니를 고스란히 보여주고 있는 것 같다.

월라봉을 내려오는 길은 한쪽에서 거센 물소리도 들리기도 한다. 그쪽에는 바로 안덕계곡이 자리잡고 있었다. 올레길에서는 안덕계곡이 자세히 보이지는 않는다. 하지만 좁은 길을 내려가면서 안덕계곡의 화려한 모습을 볼 수 있다. 시간을 내어서 꼭 들러볼 가치가 있는 곳이다.

자연에 둘러싸인 발전소

삼 면이 바위로 둘러싸여 있는 안덕계곡

안덕계곡은 제주의 계곡 중에서 가장 아름다운 계곡이다. 양 옆으로는 병풍처럼 기암절벽들이 둘러쳐져 있고, 바닥은 평평한 암반으로 이루어져서 물이 천천히 흐르지만 맑은 물을 볼 수 있는 멋진 운치를 보여준다. 안덕계곡은 먼 옛날 하늘이 울고 땅이 진동하고 구름과 안개가 낀지 7일만에 큰 신들이 일어서고 시냇물이 암벽 사이를 굽이굽이 흘러 치안치덕(治安治德)한 곳이라 하여 붙여진 이름이다. 각종 난대성 나무들이 자라고 있는 곳이기도 하다. 월라봉에서 내려오면서 살짝살짝 엿볼 수 있는 안덕계곡만이라도 결코 무심히 지나치지 말고 충분히 감상할 수 있기를 바란다.

그렇게 안덕계곡을 감상하고 나면 능선이 길게 늘어져 있어서 지

삼면이 바위인 안덕계곡

어진 이름의 진모루동산이 나온다. 완만한 경사로 이루어진 평야라고 보면 된다. 천천히 진모루동산을 내려가면 황개천이 맞이해준다. 안덕계곡의 물줄기가 굽이굽이 꺾이면서 내려와 바다까지 이어주는 하천이다. 민물과 바닷물이 만나는 곳에서 가끔 누런 물개가 나타나 울었다고 해서 황개천이라고 이름이 지어졌다고 한다.

　황개천을 따라서 가다가 왼쪽에 중간 스탬프를 찍는 간세가 나타난다. 그리고 조금 더 걸으면 남부발전(주)의 거대한 건물이 보인다. 그리고 대단지 건너편에는 소박한 유적지가 있다. 그곳은 철기시대의 유적인 제주 화순리 선사유적공원이다. 한국남부발전을 옆으로 해서 마을로 들어가면 화순금모래해수욕장 뒤편으로 있는 제주올레안내센터가 보이고 그곳에 9코스가 끝난다는 안내 간세가 서있다.

올레 패스포드에 열심히 도장을 찍는 필자

화순-모슬포 올레

송악산과 알뜨르 비행장

코스

화순금모래해수욕장 - 썩은 다리 전망대 - 보덕사 - 사계포구 - 사계 화석 발견지- 송

악산 전망대 - 해송길 - 섯알오름- 하모해수욕장 - 하모체육공원

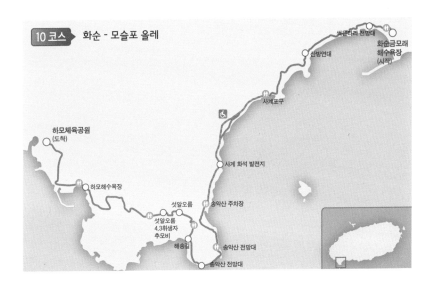

117

10코스의 시작은 화순금모래해변이다. 깨끗한 모래밭 위에서 시작하는 10코스는 마치 이곳이 제주도라는 것을 일깨워주듯이 우렁찬 파도소리를 들려준다.

금모래해변 뒤에서 출발하여 모래밭으로 살짝 들어간 다음에 길은 썩은 다리 탐방로로 간다. 퇴적암층이 마치 돌이 썩은 것 같아서 붙여진 이름이라고 한다. 썩은 다리 탐방로는 나무계단을 타고 올라간다. 오름 건너편으로 내려가면 밭 사이로 길이 나있고 숲 사이로 오솔길이 나 있다. 그 길을 따라서 가다가 바닷가로 나왔다가 다시 도로를 따라서 가게 된다. 오른쪽으로는 산방산의 위풍당당한 모습이 보이고, 왼쪽으로는 푸른 바다가 보인다.

황우치해변을 따라서 걷다가 보면 앞 쪽에 하멜 기념비가 우뚝

영험한 느낌을 주는 산방산

솟은 것이 보인다.

하멜은 주지하다시피 네덜란드 동인도회사의 선원이었다. 1653년 타이완에서 일본으로 향하던 하멜 일행은 제주도에 표류하게 되고, 억류를 당한 채 살다가 1666년 마침내 일본으로 탈출하게 된다.

그의 업적은 바로 조선을 유럽에 최초로 알린 사람이라는 것이다. 그런데 그렇게 억류되어 있던 그가 남간 조선에 관한 기록은 좋을리 만무하지 않을까? 그의 글은 유럽인들에게 미개한 조선을 그대로 보여주었고, 조선을 나라 취급도 하지 않게 하는데 한 역할을 하게 된다.

이후 20세기에 벌어졌던 조선 주변의 일련의 사건들과도 깊이 연관이 있는 것이다.

하멜 기념비

올레길은 하멜 기념비를 지나 하멜 상선 전시관 앞을 지나 설큼바당으로 들어선 뒤 사계포구로 이어진다. 사계포구는 자그마한 어촌을 형성하고 있었다. 채 몇십 걸음도 안 되는 걸음을 옮기면 사계포구를 지나게 된다. 그리고 사계포구를 시작으로 사계바당이 펼쳐진다. 다시 바닷가로 걸어가게 된다. 그리고 올레길은 차도변 인도로 인도한다. 바닷가 쪽에는 사계화석 발견지가 있다.

이곳의 화석은 약 일만오천 년 전에 형성된 것이다. 우리는 불행하게도 울타리를 쳐 놓은 밖에 나와 있는 사진들로만 그 실체를 파악할 수 있었다. 코끼리 발자국과 사슴 발자국 등 그 종류도 매우 다양하였다. 그런데 사실 이곳에 있는 화석들만이 일만오천 년의 역사를 가진 것은 아니다.

내가 딛고 있는 땅도 그 이상의 역사를 가지고 있다. 그런데도 불구하고 우리는 이 일만오천 년이라는 역사에 집착하게 된다. 그것은 변하지 않는 모습을 가지고 있기 때문이다. 일만오천 년의 역사를 가지고 있다고 하여도 매 순간 자신의 모습을 변화시킨다면 그 안에는 일만오천 년의 역사가 보이지 않는다. 하지만 일만오천 년의 역사 동안 한결 같은 모습을 가지고 있다면 우리는 그것을 일만오천 년의 역사를 가진 유물로 생각을 한다. 바로 그렇다. 한결 같은 마음을 가져야 한다고 이야기를 한다. 그것은 초심을 잃지 않고 변하지 않는 모습을 간직하고 있어야 한다는 것이다. 초심을 잃지 않는다는 것은 정말로 힘든 일이다. 그러나 그 초심을 잃지 않으려고 노력히는 모습이야 말로 우리가 사는 올바른 모습이 아닐까 하고 생각한다. 그렇게 했을 때에 바로 일만오천 년이 흘렀어도 알아보는 것처럼 말이다.

일만오천 년이 지난 화석들을 일일이 살펴볼 수 없는 아쉬움을 뒤로 하고 차도를 따라서 조금 더 걷다 보니 마라도 선착장이 나왔다. 마라도 선착장은 아담하였으며, 날씨가 나쁜 탓이었는지 사람들도 거의 보이지 않았다. 계속해서 올레 화살표와 리본을 따라서 걸어가면 얼마 안 있어 탁 트인 시야로 수십 대의 버스와 수백 명의 사람들의 모습이 눈에 들어온다. 송악산 입구다.

송악산 전망대 앞에서

99봉 송악산

송악산은 바닷가에 느닷없이(정말 느닷없다는 말이 잘 어울린다) 솟아 오른 산이다. 송악산에는 99개의 작은 봉우리가 있다고 해서 99봉이라고도 한다.

송악산을 아래에서 혹은 멀리서 바라보면 커다란 감응을 갖지 못한다. 산이 한라산처럼 웅장하지도 않고, 근처에 있는 산방산처럼 독특하지도 않기 때문이다. 하지만 사람들은 송악산을 오르려고 몰려든다. 그 이유는 송악산 정상에서 바라보는 아름다운 풍경 때문이다. 하지만 그 아름다운 풍경을 보기 전에 마음 아픈 현대사를 마주보게 되었다. 송악산 정상으로 오르는 길 중간 중간에 동굴이 뚫려 있었다. 이 동굴은 일본군들이 우리 땅을 점령했을 때 진지로 쓰

안개 낀 송악산 둘레길을 걷다

솔잎길 길목

려고 만든 동굴진지라고 한다. 이들 동굴들은 소박한 산세를 일그
러뜨리기에 충분하였다. 그것은 마치 심하게 두들겨 맞고 남아있는
멍 자국과 같은 느낌이었다.

그렇게 마음 아파하면서 길을 오르는데 왼쪽으로 장관이 펼쳐진
다. 송악산은 그야말로 물 위에 불쑥 솟아오른 산이어서 거의 사방
이 물과 맞닿아 있다. 바다와 맞닿은 곳은 깎아지른 듯한 절벽을 만
들었다. 높지는 않지만 근방에서 가장 높은 지역인 송악산에서는
바다의 아름다운 풍경도 육지 한라산의 웅장한 모습도, 그리고 산
방산의 기묘한 아름다움도 모두 볼 수 있다.

송악산을 99봉이라고도 하듯이 크고 작은 봉우리들이 많이 나와 있는 산세가 험하지 않은 작은 동네 산 같았다. 그리고 정상 한 가운데에 있는 커다란 분화구는 검붉은 화산재에 덮여 있었다.

예전에는 송악산 정상을 지나가게 올레길이 나 있었지만 지금은 송악산 둘레를 돌아서 가도록 만들었다. 송악산을 한 바퀴 다 돌게 되면 솔잎길이 나온다. 말 그대로 소나무들이 도열을 하고 있었으며 솔 향기가 넘쳐났다. 그리고 발밑에는 폭신한 솔잎들이 깔려 있었다. 은은한 솔향기를 듬뿍 마시고 송악산을 내려오자 섯알오름으로 길이 안내되었다. 섯알오름 정상에는 일본군들이 구축한 고사포 진지가 한 점의 흐트러짐도 없는 듯 모습을 유지하고 있다. 그리고 정상을 넘어서 조금 걷다 보니 4 · 3 유적지 섯알오름 학살터가 자리를 차지하고 있었다.

4 · 3 제주항쟁을 한 때는 절대로 이야기하면 안 되는 이야기였

섯알오름 학살터

다. 그래서 많은 사람들이 잊고 살려고 노력하였다. 하지만 이제 4·3 제주항쟁은 우리의 역사 안에서 살아나고 있다. 특히 최근에 들어서는 많은 사람들에게 각인이되고 있는 역사적 사건 중의 하나이다. 실제로 바로 우리의 아버지와 할아버지 세대가 연루된 사건, 아니 바로 우리 세대가 연루된 사건이다.

4·3 제주항쟁은 처음부터 좌우 양쪽 진영의 희생이 컸다. 계속적인 공방이 이루어지던 1949년 3월에 제주도지구전투사령부가 설치되면서 이승만 정부는 진압 작전과 함께 주민들을 설득하여서 사면을 하겠다면서 하산을 종용하였다. 그리고 마침내 1949년 5월 10일에 재선거가 성공적으로 치러졌고, 6월에 무장대 총책인 이덕구가 오라리에서 경찰의 발포로 사살됨으로써 무장대는 사실상 궤멸되었다.

그런데 1950년에 6.25전쟁이 발발하면서 보도연맹 가입자와 요시찰자 그리고 입산자 가족 등이 대거 예비검속 되어 죽임을 당하였고, 전국 각지의 형무소에 수감되었던 4·3사건 관련자들도 즉결처분되었다.

바로 이곳 4·3 유적지 섯알오름 학살터가 1950년 예비검속 되어 잡혀온 사람들을 7월과 8월에 210명을 법적 절차 없이 집단학살하고 암매장한 비극의 현장이다. 길은 알뜨르 비행장을 향했다.

알뜨르 비행장의 넓은 평야

알뜨르 평야의 알뜨르 비행장

첫눈에도 왜 이곳이 비행장이 되었는지 알 수 있을 정도로 알뜨르 비행장의 모습은 광활한 들판 그 자체였다. 알뜨르는 '아래'를 뜻하는 '알'과 '들'을 뜻하는 '드르'가 합쳐져서 만들어진 말로 '아래에 있는 들'이라는 뜻이다.

알뜨르 비행장은 1930년대에 일본이 제주도 서귀포시 대정읍 상모리에 건설한 공군 비행장이다. 일본은 1920년대부터 제주도에 대규모 군사시설을 짓기 시작했다. 1930년대 중반에는 대정읍에 알뜨르 비행장을, 섯알오름에 고사포진지와 탄약고를 지었다. 1937년 중일전쟁이 발발하자 이곳에서 출격한 전투기들이 약 700km 정도 떨어진 중국 난징(南京)을 폭격하면서 일본제국주의의 위상을 높였다고 한다.

폭 20m, 높이 4m, 길이 10.5m 규모의 격납고 총 20개가 바

로 이곳 알뜨르 비행장에 건설되었고, 잠자리비행기(아카톰보,
Akatombo)를 숨겨두었다. 지금도 이 격납고들은 섯알오름에서 한
눈에 내려다 보였다.

2002년에 근대문화유산 제39호로 지정한 이유는 아마도 일제의
만행을 잊지 말자는 의미일 것이다.

알뜨르 비행장의 넓은 들판을 가로질러서 한동안 걷다 보니 마치
전라도 어디 쯤 들판을 걷고 있다는 생각이 들기도 하였다. 그런 생
각이 막 떠오를 무렵 바닷가가 눈 앞에 들어온다.

바닷가 옆에는 해송들이 빽빽하게 들어서 있고, 그 사이를 지나
서 산림욕을 하면서 지나가면 올레길은 하모해수욕장의 모래밭으
로 들어선다.

하모해수욕장은 멜케해수욕장이라고 불렸는데(멜케는 제주도어
로 멸치를 이르는 말이고, 이곳에서 멸치가 많이 잡혀서 그렇게 불

렸다고 한다.) 이곳이 하모리에 위치하고 있어서 하모해수욕장이라고 현재 부르고 있다고 한다.

곧바로 길은 10코스의 마지막 지점인 모슬포항의 하모체육공원으로 향한다.

모슬포항은 제법 큰 항구였다. 도시 같은 느낌이 물씬 풍긴다. 항구의 입구로 접어들면서 제법 많은 차들과 음식점 그리고 게스트하우스들이 눈에 띄었다. 왼쪽으로 꺾어서 가면 항구 쪽이고 계속 걷다가 오른쪽에 바로 10코스의 마지막지점인 하모체육공원이 보였다. 그 하모 체육공원 뒷편에 자그마한 올레 안내소가 있었고, 그 옆에는 11코스를 알리는 올레 표지판이 있었다.

해송들 사이로 피톤치드를 듬뿍 마시며 걷는다

가파도 올레

청보리밭

코스

상동포구 - 상동마을 할망당 - 큰왕돌 - 정태코정자 - 냇골챙이 - 가파초등학교 - 상

동포구 - 개엄주리코지 - 큰 옹짓물 - 가파마을제단 - 부근덕 - 가파치안센터

10-1코스는 모슬포항에서 시작된다. 정확히 말해서 모슬포항에서 배를 타고 가파도로 들어가야 시작된다. 제주도의 바다는 항상 평화롭지만은 않다. 배가 뜨면 좋지만 안 뜬다고 해서 아쉬워할 필요는 없다. 쉬엄쉬엄 가는 것이 올레길이다. 모슬포항 근처에는 게스트하우스와 여관들이 많이 있으니 하룻밤을 묵어도 나쁘지 않다.

모슬포항에서 배가 떠난 뒤 한 20분 정도 지나게 되면 가파도의 상동포구에 배가 도착을 한다. 모슬포항에서 5.5km 정도 떨어진 거리에 있는 가파도는 그렇게 길지 않은 시간을 여행한 후에 만날 수 있다. 이렇게 아주 잠시 동안의 항해로 새로운 세계로 들어갈 수 있다.

가파도의 상동포구에 도착하면 일단 포구를 중심으로 길게 늘어

가파도 내 상동포구 앞

선 집들을 볼 수 있고, 그 뒤로 산이 아닌 평야를 볼 수 있다. 섬에 도착한 우리는 커다란 평야가 물 위에 떠 있는 것 같은 섬이 바로 가파도라는 것을 알게 된다. 마치 인공으로 누군가가 물 위에 띄어 놓은 것 같은 느낌이 든다.

가파도에 들어서면 올레 표지판이 제일 먼저 사람들을 반겨준다.

처음에 올레길은 마을 안으로 들어가는 듯한 느낌이 든다. 아스팔트가 깔려있는 마을 길을 따라서 걷기 시작한다. 육지의 어느 곳에서나 볼 수 있었던 70~80년대 풍의 시골 길을 걷는 듯 하다. 가파도가 도시처럼 보이게 한 것은 상동포구 주위에 몰려 있는 식당과 민박집들 때문이다. 사람들이 배에서 내려서 우르르 몰려 나가니 마을 사람들이 나와서 자기 집에서 식사를 하라고, 잠을 자라고 호객을 한다. 그리고 상동포구에서 시작되는 10-1 코스는 이들 민박집들을 왼편으로 해서 100여 미터 가까이 걸어가는 코스로 시작되었기 때문이기도 하다.

밀집 지역을 벗어나게 되면 돌로 만들어진 담장이 길게 쭉 뻗어 있고, 바다가 한눈에 들어온다. 자그마한 유인도라는 것도 느낄 수 있다. 가파도는 대한민국에 있는 유인도 중에서 가장 낮은 섬이다. 섬에서 최고로 높은 지역이 해발 20.5m에 불과하다. 한 마디로 오르막도 내리막도 거의 없는 평평한 섬이다. 그렇기 때문에 이쪽 끝에서 저쪽 끝에 있는 바다가 보이는 듯하다.

청보리밭 사잇길

그렇게 한쪽은 마을과 풀밭을 그리고 다른 한쪽은 바다를 두고 조금 걷다 보면 길은 구부러져서 가파초등학교 쪽으로 향한다. 가파초등학교 쪽으로 가는 길에서부터 밭이 시작되었다. 청보리밭이다.

청보리축제의 청보리밭

녹색으로 물든 가파도를 구경하려면 3~5월에는 와야 한다. 그렇지 않은 때라면 누렇게 물들거나 또는 이미 수확을 해서 아무 것도 없는 밭을 봐야 한다. 가파도의 청보리축제가 3월에 시작되기도 하고, 5월에 시작하기도 한다. 청보리축제에서는 청보리밭 걷기, 가파도 어장 체험 등이 이루어진다.

온 섬이 청보리로 가득 차서 녹색을 띠고 있는데 이들 청보리밭 사이 길로 걷는 것은 어디서도 체험하기 힘든 것이다.

청보리축제가 현대의 축제라고 한다면 청보리 밭 군데군데 보이는 고인돌은 2000년 전의 우리 조상들이 만들어 놓은 축제이다.

가파도의 고인돌은 1986년부터 2006년까지 여섯 차례에 걸쳐 전문가들에 의해서 발굴 및 학술조사가 시작되었고, 고인돌 석재 135기, 상석 추정석 95기 등이 발굴되었다. 그리고 전체 제주 지역에서 그 원형을 그대로 유지하고 있는 고인돌은 총 180여기인데 이 중에서 60기가 가파도에 있다. 제주도 곳곳에서 보이는 선사시대의 유적들은 대한민국을 형성하는 우리 민족의 뿌리일 가능성이 매우 크다. 어떻게 이들이 이곳에 와서 정착하게 되었으며, 무엇을 먹고 살았는지 등에 대한 연구는 바로 우리 조상들에 대한 연구로 이어

청보리밭 안의 고인돌

질 것이고, 그것은 현세의 우리들에 대한 연구까지 이어질 것이다.

청보리밭과 고인돌들을 지나면 올레길은 다시 상동포구로 나온다. 그리고 이번에는 반대편으로 올레꾼들을 인도한다. 반대편은 해변을 따라서 난 길을 걷는 것이다. 그렇게 약 이십 분을 터벅터벅 걷다 보니 새로운 마을이 나타난다.

가파도에는 마을이 두 군데 형성이 되어 있다. 바로 올레의 시작점인 상동포구와 올레의 종점인 가파포구가 그곳이다. 가파포구의 마을이 상동포구의 마을보다 훨씬 큰 규모를 가지고 있다.

가파도에서 발견된 고인돌들이 기원전 1세기에 만들어진 것이라고 하지만 실제로 이곳에 살고 있는 마을 사람들의 조상은 1750년(영조 26) 제주 목사가 조정에 진상하기 위하여 소 50마리를 방목하면서 소들을 지키려고 40여 가구 주민들의 입도를 허가하였고, 그때부터 마을을 형성하고 살기 시작했다고 하니, 250년이 채 안된 인간의 역사를 가지고 있는 섬이다.

낮은 섬 가파도는 느리게 걸어도 한 시간이면 충분할 정도로 작다. 그러므로 가파도 올레는 걷기 위한 길이 아니다. 머물기 위한 길이며, 새로운 길을 가기 위한 에너지 충전소다. 그렇게 에너지 충전소는 자신의 사명을 다한다.

모슬포 - 무릉 올레

천주교 대정 성지와 곶자왈

코스

모슬포항(하모체육공원) - 산이물공원 - 대정청소년수련관 - 대정여고 - 모슬봉 정상

- 모슬봉 내린 길 - 모슬봉 출구 - 모슬포천주교 공동묘지 - 천주교 대정성지 - 신평

사거리 - 신평곶자왈 - 정개왓 광장 - 성제숯굿 - 고랫머들 - 무릉곶자왈 - 인향동

마을회관 - 무릉외갓집

모슬포항의 하모체육공원에서 시작된 올레 11코스는 모슬포의 도시의 집들을 뚫고 바다로 향한다. 모슬포항을 돌아서 가다보면 산이물이라는 커다란 퐃돌이 나온다. 산이물은 산 밑으로 물이 솟아나오는 마을이라는 뜻의 제주어라고 한다. 산이물 퐃돌을 지나서 계속해서 바닷길을 걷다가 동일리포구를 만나면 자그마한 마을의 길이 펼쳐진다. 마을 길을 나와서 밭길을 따라서 굽이굽이 걷다 보면 청소년수련관이 나온다. 청소년수련관을 뒤로 하고 나서면 대정여고를 한쪽으로 보면서 길을 걷게 된다.

청소년수련관을 지나서 대정여고 앞을 지나게 되면 밭길이 이어진다. 밭길을 따라서 가다 보면 적막한 무덤들이 놓여 있다.

그런데 이 무덤들을 둘러싸고 있는 돌담이 그냥 돌로만 만들어진 것이 아니라 그 빈 공간들을 시멘트로 채워서 돌들을 서로 단단하게 붙여버렸다. 사실 제주도에서 흔히 볼 수 있는 돌담들은 시멘트가 필요 없다. 그 자체로 견고하기 때문이다. 그런데 유독 이곳의 돌담은 시멘트 작업을 해야만 했다는 것이 언뜻 이해가 가지 않았다. 제주도 사람들이 게을러져서 그런 것이 아닐까 생각한다. 문명은 사람들을 게으르게 만들기 때문이다.

공동묘지를 타고 언덕을 오르듯 오르면 모슬봉 정상에 오르게 된다. 모슬봉 정상까지의 올레길은 공동묘지 사이의 길이다.

묘비들이 마치 올레꾼들을 반겨주듯이 그렇게 줄을 서 있다. 그

리고 그들 묘비에는 고인들의 후손들의 이름이 쓰여 있는데 그 중
에는 외국인 며느리의 이름들도 보인다. 대한민국의 현주소를 알려
주는 묘비이다. 당당한 외국인 며느리들의 이름이 대한민국의 미래
의 힘이 될 것이라고 믿고 있다. 그렇게 묘지들을 뒤로 하고 오르게
되면 간세와 스템프가 놓여 있다. 거기까지가 공동묘지였다. 그리
고 모슬봉 정상 쪽으로 향하는 길은 수풀이 조금 우거진 산길이 만
들어져 있다.

　모슬봉은 제주도의 봉들이 그렇듯 그리 높지는 않지만 제법 풀숲
이 우거져 있었다. 정상에는 철조망이 쳐져 있고 그 안에는 안테나
가 우뚝 솟아 있다. 이곳은 군사시설이라서 올레꾼들에게 공개되지
않는 구역이다. 모슬봉은 태평양전쟁 때에는 일본을 공격했던 폭격
기 포착에 성공, '국제봉'이라고도 하였으며, 일제 강점기에는 일본
군 기지, 6·25전쟁에는 '맥냅 기지'로, 외국군 주둔이란 치욕의 역

사가 잔존하는 곳이다. 그리고 지금은 우리 부대가 그곳에 주둔하고 있지만 일반인은 들어갈 수 없다. 그렇게 풀밭길을 지나오면 다시 망자들이 반겨준다. 그리고 망자들을 조금 뒤로 하면 모슬봉 숲길을 만나게 된다. 숲길은 그렇게 깊지 않으며 가벼운 마음으로 산책을 하듯 지나갈 수 있다. 그리고 숲길을 빠져나오면 넓은 밭이 펼쳐진다. 그리고 밭 사이로 길이 이어진다.

밭 사이 길을 지나서 아스팔트 길로 나왔다. 그리고 제법 걷다보면 천주교 모슬포 성당 교회 묘지를 지나서 천주교 대정 성지로 들어간다.

성당 교회 묘지

성모의 이름으로 천주교 대정 성지

천주교 대정 성지에는 정난주 마리아의 묘가 안쪽에 있다. 정난주는 1773년 나주에서 정약용의 큰형인 정약현의 딸로 태어났다. 그녀는 당대 최고의 실학자 집안에서 태어났을 뿐만 아니라 외가가 천주교와 깊은 관계를 가지고 있었다. 1801년에 있었던 순조의 신유박해에 의해서 많은 천주교 신자들이 죽임을 당하거나 유배를 당했는데, 정난주도 그 중 한 명이었다. 그는 제주도로 유배를 당한 후 37년을 이곳에서 살다가 1838년 세상을 떠났다.

신유박해는 우리나라 천주교회에 가해진 최초의 대대적인 박해였으며 이로 인해서 우리나라의 천주교는 큰 타격을 받았다. 그러나 아이러니하게도 이러한 박해는 오히려 우리나라에 천주교의 확

성당 교회 묘지에 비하면 화려하게만 느껴지는 천주교 대정 성지

장을 가져오는 계기가 되었다. 살아남은 신자들이 지방으로 피신하고 숨어듦으로써 오히려 천주교의 전국적인 확대를 가져오게 된 것이다. 이전까지 지식인 중심의 천주교인들이 이제는 평민과 서민들 중심의 천주교의 발전을 가져오는 계기가 되었다.

정난주도 유배된 제주도에 천주교가 무엇인지 알리는 계기가 되었고, 그 성품이나 행동이 올곧은 것을 보면서 제주도민들도 천주교에 대한 관심을 가지게 되었고, 제주도에 천주교가 전파되는데 커다란 역할을 하게 되었던 것이다.

정난주 마리아의 묘를 나와서 지루하게 신평리의 아스팔트 길이 지속되었다. 그러다 숲이 나오고 그 속으로 올레길이 들어간다. 신평곶자왈의 시작이다.

정난주 마리아의 묘를 바라보고 있는 필자

깊이를 가늠할 수 없는 숲 신평곶자왈과 무릉곶자왈

처음에는 그렇게 깊지 않다는 느낌이 든다. 신평곶자왈은 마치 도심 속 작은 숲 같은 느낌이 들기도 한다. 그랬다. 언젠가 나는 모스크바에서 어학공부를 한 적이 있다. 그때 후배가 살던 집 앞에 있던 공원이 하나 있었는데 말이 공원이지 숲과도 같았다. 공원의 이름은 '보론초프스키 파르크'였다. 그곳에는 커다란 인공 호수도 있었는데 이곳이 바로 톨스토이와 친척이 된다는 보론초프 집안의 저택이 있었던 곳이고, 그때 이 호수를 농노들의 힘을 빌어서 팠다고 했다. 한 쪽에는 호수가 있고, 다른 쪽에는 숲이 하나 있다. 숲을 들어가면 어떻게 이렇게 깊은 숲이 이런 도심에 있을 수 있을까 하

깊이를 가늠하기 힘든 곶자왈의 입구

깊이를 알 수 없는 곶자왈

고 생각이 들었다. 너무 갑작스럽게 커다란 나무와 숲길이 시작되었기 때문이다. 바로 그런 느낌이 신평곶자왈이다.

지리하게 마을길을 따라 가다가 너무나 지쳐 있는데 갑자기 작은 숲이 보였고, 그 숲을 들어가니 언제 내가 마을길을 걸었는지 가늠할 수 없을 정도의 숲이 시작된다. 그렇게 신평곶자왈이 시작되면서 무릉곶자왈로 이어진다. 정말 까딱 잘못하면 길을 잃을 수도 있겠다는 생각이 들 정도의 깊은 숲이 시작된다. 물론 휴대폰만 있다면 길 잃을 일은 없다. GPS와 지도앱이 나의 위치를 추적하기 때문이다. 중간에 정개왓광장은 아주 자그마해서 그것이 광장인지 무엇인지 알 수 없을 정도이다.

제주의 숲길은 너무나 아름답다.

몇 번째 제주의 숲길을 들어서지만 늘 같은 느낌이다. 즉 이곳이 제주의 숲길이구나 하는 생각이 들게 만든다. 울창한 나무들이 올라가 있고, 그 나무들을 덩굴나무들이 빼곡히 껴안고 있는 형상이 어디에도 마찬가지이다. 중부지방에서는 자주 볼 수 없는 광경이다.

정개왓광장을 지나게 되면 올레길에서 가장 숲이 무성하다는 무릉곶자왈로 들어선다. 정말로 무릉곶자왈길은 숲이 우거져서 한 낮에도 앞이 잘 안보일 정도로 어둡다. 혼자서 이 길을 들어가려면 커다란 용기를 갖고 들어가야 할 것이다.

다행스럽게 군데 군데 놓여있는 이정표들이 길을 제대로 가고 있다는 것을 알게 만들어주었고, 가끔씩 보이는 정개밭, 선제숯골, 삼가른 구석, 고랫 머들 등의 표지판들이 안도의 숨을 내쉬게 만들어준다. 그렇게 한 한 시간 동안 숲길을 가다 보니 마음도 맑아지는 것 같고, 발걸음도 가벼워지는 것 같다. 그리고 무엇보다도 맑은 공기에 정신이 맑아진다.

그렇게 숲길이 끝나고 좁은 길을 따라서 가다 보니 갈림길이 나왔는데 한쪽으로는 할망민박을 향하는 길이고, 하나는 올레를 계속하는 길이다. 숲길을 빠져 나와서 다시 비탈이 있는 작은 숲길을 따라서 10여 분 내려가니 큰 도로가 나온다.

멀리 지방도 1136이라는 표지판이 보인다.

그리고 바로 무릉2리 효자정려가 보인다. 마을 길을 따라서 1km 남짓 걸어서 찾아간 곳이 11코스의 종착점인 무릉외갓집이다.

무릉–용수 올레

녹남봉과 수월봉

코스

무릉외갓집 - 평지교회 - 신도 생태연못 - 녹남봉 산경도예 신도포구 수월봉 육각

정 - 엉알길 차귀도포구 - 생이기정길 방사탑 - 용수포구

올레 12 코스

용수포구 절부암
(도착)

방사탑

생이기정길

자구내포구 ━ 당산봉입구

엉알길

수월봉 육각정
수월봉입구
한장동마을회관
서귀포시·제주시
경계점

신도리   신도생태연못   평지교회
산경도예   무릉외갓집
신도포구   녹남봉   (시작)
태양광발전소
고인옥할망집
노을과어울림 카페   나무정자

12코스는 무릉외갓집에서 시작된다. 마을을 지나서 가니 들판이 눈 앞에 펼쳐진다. 그리고 펼쳐진 들판에서는 마늘 냄새가 진동을 한다.

작고 소박한 평지교회가 보인다. 이 교회에는 '올레꾼을 환영합니다' 하는 현수막이 걸려 있다. 그리고 그 밑에는 친절하게 커피 등도 준비되어 있고 11시 예배가 끝나면 식사도 할 수 있다고 써있다. 올레꾼들 중 교인들을 위한 배려이다. 사실 이러한 종교인 올레꾼들을 위한 배려는 올레길 곳곳에서 만날 수 있다. 그러니 교인들도 교회를 가지 않고 올레를 와야한다는 부담을 가질 필요가 없다. 올레를 걷다가 그대로 예배를 보고 또 다시 올레길을 떠나면 되기 때문이다.

평지교회를 지나면서 들판이 본격적으로 펼쳐진다. 그리고 바로 공동묘지가 나온다. 공동묘지들 사이를 걷다가 시멘트로 만든 인공 수로 위로 올레길이 이어졌다. 그 시멘트 벽을 타고 가다 보니 멀리서 백로와 기러기들이 자유롭게 앉아 있기도 하고 날아 오르기도 한다. 분명 논인 것 같았는데 이들이 이렇게 자유롭게 날고 있다면 최소한 유기농 공법을 사용하겠구나 하는 생각이 든다. 그리고 고개를 돌려서 오른쪽을 보자 습지가 보인다. 연못이었던 것 같은 모습을 보이지만 분명 바닥을 다 드러내고 군데군데 물이 고여있는 습지이다. 이곳이 바로 신도생태연못이다.

연못이라고 하기에는 너무나 소박한 모습이다. 하지만 비가 많이 내린다면 이곳이 꽤 큰 연못이 되리라는 생각은 할 수 있다. 연못가에 있는 정자에 잠시 앉아서 푸른 논과 밭을 바라다보니 잠시의 피로도 풀리는 듯 하다.

신도생태연못을 뒤로 하고 다시 길을 가기 시작한다. 밭길이 시작된다. 그리고 녹남봉을 오르는 오름이 시작된다.

분화구 안 집 한 채가 있는 녹남봉

녹남봉이라는 이름은 예전에 이곳에 녹나무가 많이 있었기 때문이란다. 녹남봉 정상에 오르면 제일 먼저 무릉리를 한 눈에 살펴볼 수가 있다. 그리고 정상에 있는 분화구를 중심으로 한 바퀴 돌면

녹남봉 정상에서 바라본 무릉리, 멀리 산방산과 송악산이 보인다

서 걷다 보면 멀리 신도리가 보인다. 녹남봉 정상에는 커다란 분화
구가 있다. 그 분화구 안에는 어떤 농부가 나무를 심고 곡식을 심은
듯 가지런히 정리되어 있다. 그리고 분화구의 한 쪽 끝에는 집도 한
채 지어져 있다.

올레길은 신도리로 내려간다. 녹남봉을 올라오는 길도 그랬지만
내려가는 길도 가볍게 갈 수 있다. 잠시 내려가는가 싶더니 마을길
로 들어선다. 마을길을 지나서 조금 가다보니 폐교를 고쳐 만든 산
경도예가 보인다. 외형을 그대로 살린 채 도예의 특징들을 부각시
키는 식으로 꾸몄다.

산경도예를 지나자 마을길을 지나서 지루하게 밭길이 나온다.
마치 끝도 안보일 것 같은 밭길이 계속된다. 그런데 갑자기, 정말 갑자기 바다가 펼쳐진다. 황토색 들판이 시야를 완전하게 사로 잡고 있었고, 중간에 몇 그루의 키 큰 나무들이 서 있었으며, 그 옆에 식당 건물이 하나 서 있다. 그 큰 나무들과 식당 건물 사이로 길이 나 있고, 그 사잇길로 들어서자 바다가 펼쳐진다. 이제 올레길은 해안을 따라간다.

파도소리를 따라서 바닷가를 한참 걷다가 길은 아스팔트 위로 올라왔다. 그리고 그 길은 신도포구를 향해 가다가 신도2리 방사탑

갑자기 바다가 펼쳐진다. 제주도이기에 가능한 이야기이다

과 마주친다. 방사탑은 마을의 어느 한 쪽 방위에 불길한 징조가 비치거나 풍수지리에 의해 허(虛)한 곳으로 들어오는 액운을 막으려고 세워진 탑이라고 한다. 신도리는 서쪽이 허하다고 하여 해안변

신도2리 방사탑

에 이렇게 2기의 탑이 세워졌다. 마을 사람들은 이 탑이 있기 때문에 마을의 재앙을 막을 수 있었고 그렇기 때문에 큰 어려움 없이 지금까지 마을을 지켜낼 수 있다고 생각하고 있다.

방사탑을 지나서 신도포구 쪽으로 들어서면 자그마한 공원도 보인다. 이곳 공원에서 바라보는 바다도 매우 아름답다. 이 공원 안에 두 번째 방사탑이 놓여 있다. 자그마한 신도포구를 향해서 가는 길 다시 한번 마늘들과 만남을 갖게 된다. 사람과 차가 다니는 길 반을 그들이 차지하고 있다.

포구를 지나서 잠시 마을에서 빠져 나와 밭길을 걷기 시작한다. 밭길은 다시 마을로 향한다. 그리고 한장동 마을회관 앞으로 길이 이어진다. 마을회관을 지나서 수월봉 오름을 오르기 시작한다.

차귀도가 한눈에 보이는 수월봉

수월봉도 그리 높은 오름은 아니다. 수월봉 정상에는 고산기상대가 위치하고 있다. 수월봉은 인근에서는 가장 높은 곳이다. 수월봉

한 쪽에서는 신도리의 평야가 넓게 펼쳐졌으며 다른 쪽에는 바다가 펼쳐져 있다.

수월봉 정상에서 내려가다보면 왼쪽으로 정자가 하나 서 있고, 전망대가 있다. 그리고 거기서 바라본 바다에는 차귀도가 보인다.

차귀도는 제주도에서 쿠로시오 난류의 영향을 가장 먼저 받는 지역으로, 서식하고 있는 동식물이 매우 다양하며 아열대성이 가장 강한 지역으로 5~10m 수심에는 수 많은 홍조식물이 자라고 있는 섬이다. 이 섬 주변 경관이 아름다울 뿐만 아니라 우리나라에서 기록되지 않은 종들, 신종 해양생물이 서식하고 있어 생물학적인 가치가 매우 높은 곳이라고 한다. 또한 앞으로 계속해서 미기록 종과 신종 출현의 가능성이 큰 곳이며, 해양 동·식물의 분포론적으로도

수월봉 전망대에서 차귀도를 바라보고 있는 필자

매우 중요한 학술적 가치를 지니고 있어 천연기념물로 지정하여 보호하고 있는 섬이다.

수월봉을 거의 다 내려오자 왼편으로 화산쇄설암층이 보였다. 수월봉의 해안 절벽을 따라서 형성된 화산쇄설암층에는 다양한 화산퇴적구조가 관찰되어서 화산학의 교과서 역할을 하고 있다고 한다. 그 모습이 정말로 어디서도 볼 수 없는 경이로운 모습이었다. 화산쇄설암층을 오른쪽으로 해서 엉알길이 이어졌다. 엉알길은 한 쪽으로는 제주의 아름다운 바다가 보이고, 다른 쪽으로는 제주에서만볼 수 있는 화산쇄설암층이 계속 이어진다. 엉알길은 차귀도포구로 이어진다.

수월봉의 화산쇄설암층

포구를 뒤로 하고 차로를 따라서 오르다가 왼쪽에 솟아 있는 당산봉 정상으로 방향을 틀었다. 하지만 다시 방향을 틀어 바닷가로 간다. 당산봉 아래쪽으로 해서 생이기정 바당길로 들어선다.

　　생이기정 바당길은 용수포구로 이어지는 아스팔트 길로 나오게 된다. 아스팔트 길은 곧장 용수포구로 이어진다. 멀리 용수포구가 보이면 오른쪽에 성 김대건 신부 제주표착 기념관이 보인다.

　　25세 라는 젊은 나이에 순교를 하였지만 김대건 신부의 생은 우리나라의 역사에 길이 남고 있다. 그는 우리나라 최초의 신부였으며 1857년 교황청으로부터 가경자(可敬者) 칭호를 받았고, 1925년에는 다시 교황청에서 시복식(諡福式)이 거행돼 복자위(福者位)에 올랐으며, 1984년 내한한 교황 요한 바오로 2세에 의해 성인(聖人)

김대건 신부 동상과 기념관

으로 선포되었다.

이렇게 김대건 신부 표착 기념관을 오른쪽 옆으로 두고 용수포구로 들어서면 크지 않은 용수포구의 한쪽에 12코스가 끝났음을 알려주는 올레 안내판을 볼 수 있다.

용수-저지 올레

용수저수지와 낙천의자공원

코스

용수포구 - 너른 밭길 - 용수저수지 - 먼고돌담 - 특전사숲길 - 쪼른숲길 - 고목나무

숲길 - 고사리숲길 - 낙천리 아홉굿 마을 - 뒷동산 아리랑길 - 저지오름 입구 - 저지

오름 정상 - 저지예술정보화마을

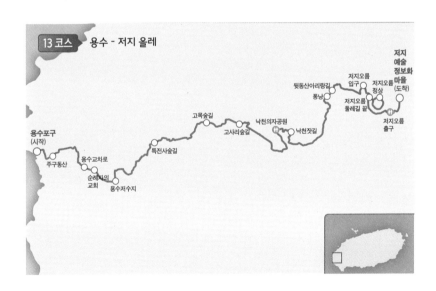

13코스가 시작되는 용수포구의 올레길 시작 지점은 절부암(節婦 岩)의 설화에서 시작한다.

용수포구 안쪽에 사철나무, 후박나무, 동백나무, 포나무 등 난대 식물들이 군락을 이루고 있는 작은 언덕이 있다. 바로 이곳에 절부 암이란 바위가 있다. 이 바위는 1981년에 제주도 기념물 제9호로 지정되었다.

절부암이라는 단어에서 우리는 그 비장함을 느낄 수 있다. 이곳 에는 절개를 지키기 위해서 목숨을 바친 한 여인에 대한 전설이 서 린 곳이다. 요즘 친구들 같으면 말도 안되는 이야기이겠지만 말이 다. 절부암은 여전히 굳건하게 자리를 지키고 있다.

13코스는 그렇게 비장한 마음을 가지고 출발한다. 남편을 잃은 아내의 비장함이 아니라 죽을 수 밖에 없었던 사회에 대한 비장함 으로 말이다.

절부암을 돌아서 계단을 올라간 뒤 절부암 뒷편 마을을 끼고 걷 기 시작한다. 마을 사이를 비집고 걸어간 올레길은 꼬불꼬불 마을 을 지나더니 너른 밭길로 인도를 한다. 밭들이 쭉 펼쳐져 있는 아스 팔트 길을 1킬로미터 정도 걸어서 지나가니 충혼묘지 사거리가 나 온다. 제주도에는 이곳뿐만이 아니라 도내에 13개의 충혼묘지가 위 치하고 있다. 그만큼 힘들었던 시기를 지내왔기 때문일 것이다. 충 혼묘지를 뒤로 하고 큰 길을 건너서 아스팔트 길을 조금 따라가다가 다시 밭길로 접어든다. 넓게 펼쳐진 밭들 사이로 나 있는 밭길은 올레길에서는 제법 익숙하게 되었다. 밭길을 한참 걷다 보니 습지가 시작된다. 바로 용수저수지가 넓게 자리하고 있다.

철새들을 볼 수 있는 용수저수지

용수저수지는 1957년에 제일교포들의 성금을 받아서 만들어진 것으로 한경면 용수리 지역의 가뭄을 대비하기 위한 시설이다. 그 크기는 250m×570m에 달한다.

13코스가 다른 코스와 다른 점은 해안을 따라 가는 길이 없다는 것이다. 그렇기 때문에 약간 밋밋한 느낌을 준다. 그런데 용수저수지가 그러한 밋밋함에 변화를 주었다. 그야말로 위풍당당하게 펼쳐

용수저수지

져 있는 용수저수지는 여기가 제주도가 아니라 육지의 한 곳이라고 느끼게 만든다.

이곳은 제주도를 찾는 각종 철새들의 도래지로서 역할을 하기도 하며, 잉어, 장어, 붕어, 미꾸라지 등도 서식하고 있다.

저수지를 지나서 다시 마을 사이로 길이 계속된다. 비닐하우스와 밭, 그리고 돌담이 있는 길이다. 길은 계속해서 밭들 사이로 이어진다. 그리고 2차선의 차도를 건너서 조금 가다 보니 왼쪽으로 자그마한 숲이 보인다. 그리고 그 앞에 특전사 숲길을 알리는 간세가 서 있다.

특전사 숲길은 특전사 대원들이 도와서 개척한 숲길이다. 길이는 그렇게 길지 않지만 숲길이 끝나는가 싶게 잠깐씩 밭길을 걷다가 다시 숲길로 들어서기를 반복했다. 숨바꼭질을 하는 것 같기도 하고 재미가 있다.

숲으로 들어갔다 나왔다를 반복하면서 고목나무 숲길을 지나 고사리 숲길로 들어선다. 고사리 숲길을 지나서 하동사거리에서 도로를 따라 가다 마을길로 들어선다. 낙천리 아홉

특전사 숲길

굿 마을이다.

천 가지의 기쁨을 간직한 마을 낙천리, 낙천의자공원

낙천리라는 말은 천 가지의 기쁨을 간직한 마을이라는 뜻이다.
아홉굿 마을이라는 이름은 제주도에서 보기 드문 9개의 샘(제주도
방언으로 샘을 굿이라고 한다)이 있다는 뜻이기도 하지만 마을에
온 손님들에게도 아홉 가지의 좋은 것들이 있는 즐거운 마을이라는
의미를 갖기도 한다.

낙천리 아홉굿 마을은 예전에는 서사미(西思味) 또는 서천미(西
泉味) 라고 불렸는데 그 뜻은 서쪽에 있는 샘을 뜻하는 말이다. 워
낙 물이 유명하여서 낙세미라고도 불렸는데 그것은 샘이 풍부한 마

낙천의자공원입구

의자공원의 의자에 앉아 본다

을이란 뜻을 갖는다. 이 마을에는 물이 풍부하였다. 이곳에 사람이 살기 이전부터 멧돼지 등이 땅을 파서 만든 저갈물이라는 것이 있었는데 이 물에서 바로 낙천리 아홉굿 마을이 시작되었다. 재미있는 것은 낙천리 아홉굿 마을에는 숨골이라는 것이 있다는 것이다. 숨골은 우리나라에서는 화산지대인 제주에서만 볼 수 있는 특이한 지형으로 물이 빠지는 구멍이다. 즉, 비가 많이 와도 쉽게 빠져나갈 수 있는 신기한 구멍이다. 물이 나오는 지형을 가지고 있는 동시에 물이 잘 빠지는 지형도 가지고 있는 곳이 바로 낙천리 아홉굿 마을인 것이다.

마을 길을 따라서 가다 보면 마을이 끝나는 지점 오른쪽으로 올레길이 굽어 있고, 낙천의자공원으로 들어간다. 올레길은 낙천의자공원을 관통한 뒤 마을 뒷길로 해서 밭길과 숲길로 들어선다. 다시 밭길과 숲길을 반복해가면서 저지오름으로 향한다.

저지오름으로 향하는 길에 '뒷동산 아리랑길'이라고 올레에서 지은 길이 나온다. 꾸불꾸불 숲 가장자리를 지나는 길이 걷는 재미를 느낄 수 있는 길이다. 길은 그렇게 좁은 길과 오솔길을 따라서 계속 나아간다. 그리고 저지오름으로 이어진다. 저지오름은 닥나무가 많아서 닥몰오름이라고 불리기도 한다. 그리고 저지라는 말 자체도 닥나무를 한자식으로 표현한 것이다. 저지오름은 해발 239m로 올레 오름들 중에는 그래도 꽤 높은 오름이다.

저지오름을 한바퀴 돌고 내려오자 감귤나무 밭이 반겨준다. 감귤나무 밭을 지나서 마을로 들어서서 조금 걷다가 보면 저지마을회

저지오름 올라가는 길

관이 나오고 그 다음에 저지예술정보화마을이 나타난다. 그 앞에서

13코스가 끝이 난다.

낙천의자공원

저지–한림 올레

큰소낭 숲길과 선인장 자생지

코스

저지예술정보화마을 - 저지고망숲길 - 나눔허브 - 큰소낭숲길 - 오시록헌 농로 - 소

낭쉼터 - 굴렁진숲길 - 월령숲길 - 무명천 산책길 입구 - 새못교 - 선인장자생지 - 월

령포구 - 해녀콩 서식지 - 금능포구 - 금능해수욕장 - 협재해수욕장 - 옹포포구 - 용

수사 - 한림항도선대합실

올레 14 코스

163

14코스는 저지예술정보화마을에서 시작하여 찻길 옆 인도를 조금 따라 가다가 13코스에서 넘어왔던 저지오름으로 향한다. 하지만 이내 저지오름을 왼쪽으로 하고 조그마한 차 한대가 간신히 지나갈 수 있는 아스팔트 길을 따라 가다가 밭길로 접어든다. 밭길을 따라 걷는 것은 늘 걸어도 재미있다. 아기자기하고 좁은 길을 따라 걷다 보면 그 모든 밭이 모두 내 밭 같기도 하고 거기서 자라는 곡식들도 모두 내 것인 듯 소중하게 여겨진다.

밭을 따라서 이십여 분 걷다 보면 차도가 나오고, 그 차도를 따라서 가다가 나눔허브쪽 샛길로 들어간다. 나눔허브를 지나자 갑자기 길이 없어지고 억새가 무성한 풀밭이 나왔다. 잡초밭에는 거의 한 사람이 지나갈 만한 길이 나 있었고, 그 길을 따라서 걷다 보니 올레길임을 표시하는 화살표가 돌 위에 그려져 있었다.

돌 위의 화살표가 선명하다

깊지 않은 큰소낭 숲길

수풀을 지나서 가니 큰소낭 숲길이 나온다. 큰 소나무들이 많아서 올레에서 그렇게 이름을 지었다고 한다. 입구에서부터 커다란 소나무들이 많이 보인다. 큰 소나무들 사이로 걸어서 들어갔다. 숲은 길지 않다. 얼마 지나지 않아서 다시 아스팔트로 포장된 밭길이 시작된다. 그렇게 아스팔트로 포장된 밭길을 한참 걸어서 가다 포장이 안 된 진정한 밭길로 접어든다. 아늑하다는 뜻의 제주어인 오시록헌 농로가 시작되는 곳이다. 굴렁진 숲길을 지나고 무명천산책길을 지난다. 무명천은 이름이 없다 뿐이지 꽤 깊은 물길을 형성하고 있다. 물론 다른 개천과 마찬가지로 물은 거의 흐르지 않고 있지만 말이다.

숲길과 산책길을 번갈아 지나가는데 마치 사람들이 아무도 살지 않는 무인도에 온 듯한 느낌을 갖게 만든다. 날씨가 더워서 그런지 마주치는 올레꾼도 아무도 없었다.

큰소나무들을 볼 수 있는 큰소낭 숲길

무명천 산책길은 월령숲길로 연결되었다가 무명천 산책길2로 연결되었고 새못교를 건너면서 무명천 산책길3으로 길게 연결되었다. 그리고 월령리가 가까워 오고 있음을 보여주는 모습들이 보인다.

그것은 바로 선인장이었다.

길에서 반겨주는 선인장들

월령리에 들어서자 선인장들이 곳곳에서 보였다. 대한민국에서 선인장을 길거리에서 아무렇지도 않게 볼 수 있는 곳은 그렇게 흔하지 않을 것이다. 선인장들은 마치 태곳적부터 이곳에서 자랐다는 듯 그렇게 굳건하게 자리를 하고 있었다. 밭에도 길가에도 그리고

담장 위로 올레꾼을 반겨주는 선인장들

담장 위에도 머리를 삐죽하게 내밀고 있다.

선인장 자생지를 지나면 비양도 전망대가 보인다. 바로 여기부터 계속해서 비양도를 바라보면서 올레길을 걸을 수 있도록 만들어 놓았다.

해변을 따라서 걸으면서 해녀콩 서식지를 지나고 올레길은 계속해서 해변을 따라 걷다가 금능리 안으로 들어왔다. 금능리 마을 안을 지나서 금능포구로 향했다. 금능포구는 자그마한 포구이다. 그리고 그 너머 아담한 금능해수욕장으로 이어진다. 금능해수욕장을 지나고 협재해수욕장으로 들어선다. 협재해수욕장을 지나서 협재포구 그리고 옹포포구로 들어선다.

협재해수욕장에서 보이는 비양도

옹포포구는 1270년 고려와 몽골에 저항하였던 삼별초군이 진도에 근거지를 마련하고 그 세력을 펼치는 과정에서 이문경 장군을 선봉으로 해서 제주도에 입성하기 위해 고려의 관군과 격전을 벌였던 곳이다. 이문경 장군이 이 싸움에서 승리를 함으로써 삼별초는 제주도에 새로운 거점을 마련할 수 있게 되었다. 이후 번창하던 삼별초는 여몽연합군에 의해서 1271년부터 세력이 기울기 시작하였지만 제주에 이렇게 기반을 마련한 삼별초는 대몽골 저항운동을 지속할 수 있었다. 그러나 여몽 연합군의 조직적 공략으로 1273년 음력 4월 제주 삼별초 역시 무너지고 말았다.

옹포포구의 숨은 이야기를 뒤로 하고 한림항 쪽으로 길이 이어진다. 옹포리의 고즈넉한 마을을 통과하자 거대한 대로가 앞에 펼쳐

옹포포구의 방사탑

진다. 대로의 위용은 한림항의 크기를 가늠하게 만든다.

한림항의 한쪽에는 컨테이너들이 겹겹이 쌓여 있었고, 그 옆으로는 배들이 가지런히 정렬을 하고 있었다. 그러한 항구의 볼거리들을 하나씩 보면서 아스팔트 길을 따라서 걸어간다.

그리고 14코스의 종점을 알리는 푯말과 간세가 한림항(비양도행) 도선 대합실 앞에 자리를 잡고 있다.

밭길, 숲길 그리고 해안길의 세 부분으로 이루어진 14코스는 지루해 할 틈을 주지 않고 그렇게 끝나 버린다.

한림항 입구

돌하루방과 협재해수욕장

저지-서광 올레
문도지오름

코스

저지예술정보화마을 - 알못 - 강정동산 - 저지곶자왈 - 문도지오름 입구 - 문도지오

름 정상 - 문도지오름 출구 - 저지상수원 - 오설록 녹차밭

14-1 코스 저지 - 서광 올레

저지예술정보화마을
(시작)

알못

강정동산

저지곶자왈

문도지오름 입구

문도지오름 정상

문도지오름 출구

저지상수원

오설록 녹차밭
(도착)

올레 14-1코스는 애초에는 약 17km의 긴 코스였지만 지금은 약 9km의 짧은 코스가 되었다.

8월의 제주도는 변덕스러운 날씨를 그대로 보여주고 있다. 비가 오는 듯 하더니 해가 나왔고, 해가 나왔다 싶으면 다시 구름이 끼고 비가 흩날린다. 혹시나 비가 너무 많이 와서 곶자왈들을 제대로 걷지 못하면, 아니 곶자왈에서 강한 비를 맞으면 어떻게 하나 하는 걱정이 들기는 하지만 비가 오면 오는 대로 바람이 불면 부는 대로 그렇게 걷는 것이 올레의 정신이니 가는 데까지 가자고 길을 나선다.

14-1코스는 14코스와 마찬가지로 저지예술정보화마을에서 시작한다. 저지리는 400년 전에 지금은 저지오름이라고 불리는 새오름을 중심으로 형성된 5개의 촌락을 일컫는 말이다. 이 지역은 해안 용천수가 없어서 물이 매우 귀했다. 그래서 비가 오면 빗물을 받아두거나 연못에 고인 봉천수에 의존해서 물을 사용하였다. 게다가 문명의 혜택도 제대로 못받았기 때문에 지리적인 악조건 속에서도 황무지를 개척하는 등 주민들이 부지런을 떨지 않으면 살 수 없는 곳이었다. 게다가 주변에 곶자왈이 많다 보니 봄에서 여름으로 넘어가는 철과 늦가을에는 기왕에 있는 봉천수물통의 물이 말라서 사람과 기르는 소와 말 모두 물을 찾아 가까운 마을은 물론 멀리까지 가서 물을 마신 후 사람들은 모두 물통인 허벅을 지고, 소와 말은 허벅을 등에 싣고 물을 길어왔다고 한다. 아이러니하게도 물이

없어서 마을 사람들은 물을 얻으려고 곳곳에 연못을 팠는데 그래서 이곳 저지리의 지명에는 연못을 뜻하는 '~물'이라는 지명이 많이 있다.

인간은 늘 자신들에게 없는 것을 얻고자 노력하면서 살았다. 그러한 삶의 결과가 현재의 문명의 발달인 것이다. 그러한 노력은 어떠한 조건에서도 살아나려고 애쓰는 인간들의 단편적인 모습이기도 하다.

저지리 주민들의 모습은 문명을 일구기 보다는 살아나려는데 방점을 두고 있다. 하지만 모든 인간의 역사가 그렇듯이 그렇게 쌓인 인간의 살고자했던 흔적은 새로운 문화와 문명을 만들게 된다.

돌담이 높고 탐스럽다

14-1코스는 저지오름과 반대편으로 방향을 잡아서 저지리 마을 안 길을 들어서면서 시작된다. 마을에는 제주도의 마을답게 돌담들이 예쁘게 쌓여 있다.

예쁜 돌담들을 따라 밭길을 들어서면 왼쪽으로 멀리 마중오름이 보였다. 그렇게 밭길은 마중오름을 보면서 강정동산으로 걸어갔다.

강정동산으로 가는 길에 뒤편을 바라보니 저지오름이 위세 등등 하게 서 있는 모습이 아름다웠다.

강정동산을 지나서 양쪽으로 숲인 듯 아닌 듯한 작은 길을 따라 서 가다보면 저지곶자왈을 알리는 표지판이 나온다. 저지곶자왈 안 으로 들어가지 않고 길을 따라서 올레길은 이어진다. 그렇게 완만 한 경사를 오르다 보면 문도지 오름 입구가 나온다. 해발 260m의

문도지오름으로 오르는 길은 경사가 완만한 길이다

그렇게 높지 않은 오름이다. 주위의 해발도 그렇고, 강정동산까지도 완만한 경사로 올라왔기 때문에 그 높이는 더욱 낮아 보인다.

봉긋한 오름들과 곶자왈이 한눈에 들어오는 문도지오름

문도지오름의 원래 이름은 문돗지라고 한다. 한자를 차용하여 문도악 또는 문도지악이라고도 하다 보니 문도지 오름이 되었는데 제주시 한림읍 한경면과 서귀포시 안덕면을 잇는 경계면에 위치하다 보니 출입구를 뜻하는 의미라고도 하고 이설에는 누운 돼지의 형상이라 눈돗지로 부르던 것이 문돗지로 변음되었다고도 한다.

문도지오름은 곶자왈 지역에 나지막하게 솟아서 마치 초승달처럼 생겼다. 삼나무 조림지와 경작지를 제외하고는 전 사면이 억새

문도지 오름으로 오르는 길목의 말목장

로 덮여 있고, 말 방목지로 이용되고 있다.

문도지오름 일대 곶자왈은 상록활엽수는 거의 보이지 않으며 관목류가 길 옆으로 많이 분포하고 있다.

문도지오름에서 숲길을 따라서 내려오면 숲 사이로 길이 나 있다. 주가홀길이다. 주가홀은 예전부터 있었던 작은 마을의 이름이었다고 한다. 하지만 4·3 항쟁 때 폐쇄되어버려서 지금은 그 흔적도 찾기 힘들다. 제주도의 곳곳에 4·3 항쟁의 아픔이 서려 있음을 알 수 있다.

그렇게 주자홀길을 따라서 가는 길은 양 옆으로 숲이 있고, 그 사이로 난 좁지 않은 오솔길을 따라서 가는 길이다. 그렇게 30분 정도 걸어가다가 숲으로 들어가게 된다. 그러면 저지곶자왈을 들어가

11코스의 곶자왈만큼 깊다

게 된다.

곶자왈 입구에는 간세모양을 한 출입문이 서 있다. 일반의 간세
보다 훨씬 큰 간세가 출입문을 대신하고 있다. 그리고 그 너머가 바
로 저지곶자왈이다. 제주도의 곶자왈은 이미 11코스때 무릉곶자왈
을 설명했듯이 크지는 않지만 깊게 느껴진다. 만약 같이 가는 사람
이 없다면 마치 무인도에 혼자 버려진 듯한 느낌을 갖게 된다. 그리
고 그 유일한 생명줄은 올레길 표시 리본뿐이었다.

숲은 정말로 아름다웠고 위대하다. 올레길이 있지만 아마도 올레
길 외에는 사람이 전혀 다니지 않았을 것 같았다. 새소리가 간간히
들리고, 놀란 산짐승들이 푸드덕 대는 소리, 그리고 노루가 갑자기
앞 쪽에서 뛰어가기도 했다. 물론 나무들은 거의 모두 넝쿨에 감겨
있다.

시야를 멀리한 숲 안쪽은 캄캄하다. 거의 아무것도 보이지 않는
다. 나무와 풀이 제대로 구별이 되지 않았다. 어쩌면 저쪽 어딘가에
서 누군가가 나 자신을 쳐다보고 있을 것 같기도 한 느낌이다.

잠시 아날로그적 감성으로 올레 리본에 의지해서 걷는 것이 스
릴이 있다. 아무것도 없고 올레 리본만이 길을 안내하게 만드는 것
이다. 긴장하며 숲을 걷는 재미가 쏠쏠하다. 발걸음을 옮기며 한편
으로는 올레 리본을 찾고 다른 한편으로는 무언가와 또는 누군가와
마주치지 않을까 긴장의 끈을 놓지 않는다.

그렇게 걷다 보니 숲이 좀 풀리고, 오솔길이 나오는가 싶더니 숲을 빠져 나오게 된다. 앞쪽에는 녹차밭이 보이고 14-1코스의 종점을 알리는 표지가 있다. 임시로 만든 듯한 표지판과 스탬프 간세가 여기가 종점인 것을 알려준다.

14-1코스의 끝에 펼쳐져 있는 녹차농원

한림-고내 올레

금산 공원

코스

A : 한림항도선대합실- 대수포구 - 대림리선돌 - 대림안길 입구- 영생이물통 - 사장

밭 - 귀덕4길교차로 - 성로동농산물집하장 - 선운정사 - 버들못농로 - 제주혜린교회

- 납읍 숲길 - 금산공원 입구 - 납읍리사무소 - 백일홍길 입구 - 과오름 입구 - 도새기

숲길 - 고내봉 입구 - 배염골 - 고내포구 우주물

B : 한림항도선대합실 대수포구 - 켄싱턴리조트 제주한림점 - 제주한수풀해녀학교 -

귀덕1리 어촌계복지회관 - 금성천 정자 - 용문사 - 곽지해수욕장 - 한담해안산책로 -

애월초등학교 -먼물습지 - 고내포구 우주물

한림항 오른쪽에 자그마한 2층 건물이 있다. 이곳에 바로 한림항 도선대합실이 있고 15코스가 시작되는 곳이다. 바다를 왼쪽으로 두고 한림해안로를 걸어간다. 해안도로이지만 차는 거의 다니지 않고 산책을 다니는 사람들만이 조금 눈에 뜨인다.

해안도로는 대수포구를 지나서 오른쪽으로 꺾어진다. 그리고 마을 길로 접어든다. 그곳에서 영흥리와 수원리를 지나는 밭길을 따라서 육지쪽으로 가면 A코스이고, 바다쪽으로 가면 B코스가 된다. B코스는 바닷가를 따라서 계속 길이 이어진다. A코스로 발길을 옮긴다.

밭길은 대림안길 입구로 이어졌다. 대림안길 입구를 지나자 길은 다시 마을을 혜집고 들어갔다. 이십여 채 정도 되어 보이는 집들을 지나서 다시 밭길로 들어섰다. 얼마를 가자 커다란 간판이 나왔다.

영생이물통

영생이물통이라고 쓰여져 있었다.

이곳은 수도설비가 설치되기 전부터 주민들이 식수로 사용하였던 곳이다. 하지만 지금은 연꽃이 가득한 물통으로 바뀌었다. 지금도 마을 사람들은 이곳이 바로 자신들의 생명수가 있었던 곳이라고 기억을 하고 있다고 한다.

계속 걸어 나가니 사장(射場)밭이 나왔다. 예전에 이곳에서 활쏘기를 연습하였던 장소라고 한다. 물론 지금은 그 흔적도 찾아볼 수 없지만 활쏘기에 적합한 시야를 제공해주었을 것 같다.

계속해서 밭길을 따라서 걸었다. 2차선의 도로가 나온다. 귀덕사거리이다. 사거리에서 길을 건너 귀덕리로 접어든다. 귀덕리의 밭길을 걷기 시작한다. 그리고 올레길은 귀덕리 마을로 이어졌다. 마

사장밭

을은 자그마하고 조용했다. 귀덕농로를 따라 길은 이어졌다. 귀덕농로는 약간 언덕을 올라가듯 천천히 경사를 타고 이어지고 있다.

그리고 그 농로를 한참 가다 보니 앞쪽 언덕 위에 기와집이 보였다. 선운정사다.

선운정사의 문은 활짝 열려 있었다. 아니 문은 없었다. 올레꾼들을 위해서 화장실도 개방해놓았다는 안내판도 보였다.

선운정사를 지나서도 계속해서 오르막길을 가야만 했다. 길은 반듯하게 잘 닦였으나 경사가 급하지만, 뱀처럼 꼬불꼬불 휘어져 있어서 오르는 재미가 있다.

언덕을 오르고 났더니 차도가 나왔다. 차도를 넘어서 농로를 따라 계속 걷는다. 버들못을 지나서 1136번 지방도로로 나왔다. 그리고 위험한 걷기가 시작되었다. 1136번 도로를 타고 약 300미터를 걸어가는 것이 그것이었다. 차는 그렇게 많지 않았지만 가끔씩 지나가는 차는 그 속도를 줄이지 않고 달려댔기 때문이다. 그리고 1136번 도로 옆 작은 숲으로 들어왔다. 납읍 숲길이다.

납읍 숲길은 아늑하다. 길지는 않았지만 차가 씽씽 다니는 길을 걸은 뒤여서 그런지 더 없이 아늑하게 느껴졌다. 숲길은 깊지도 길지도 않다. 마치 그렇게 잠시 휴식을 취하듯 빠져 나온 숲길은 금산공원으로 이어진다.

액막이 나무 공원 금산 공원

금산 공원은 원래 돌무더기 땅이었다고 한다. 하지만 건너편에 있는 금악봉(今岳峰)을 바로 볼 수 있어서 납읍 마을에 화재가 자주 발생하게 만든다고 하여서 잘 보이지 않도록 만들기 위해서 액막이로 나무를 심은 것이 지금의 금산공원을 이루었다고 한다. 공원 내에는 후박나무, 종가시나무, 생달나무, 동백나무 등의 아열대 상록 수림이 빼곡하게 자라고 있어서 볼거리도 많을 뿐 아니라 학술적으로 그 가치가 높다.

공원 입구에는 부락제를 지내는 포제단이 있다. 제주도에는 두 가지의 마을제가 있다. 하나는 남성들이 주가 되어서 지내는 유교식 마을제인 포제와 여성들이 주관하는 무속식 마을제인 당굿이다.

금산공원의 포제단

납읍리는 전통적인 유림촌으로서 마을의 모든 민간 신앙의례는 유교식 색체가 강하다. 때문에 포제도 예전 그대로 유교적 제법으로 행해지고 있다. 춘제와 추제가 있었는데 지금은 춘제만 음력 정월 초정일에 지내고 있다고 한다.

금산공원으로 들어간 올레 코스는 다시 들어갔던 길로 나온다.

금산공원에서 내려오니 바로 옆에 납읍초등학교가 보였다. 납읍초등학교를 지나서 마을을 따라서 길을 가다 백일홍길과 마주친다. 그리고 과오름으로 다가간다. 올레 코스는 과오름을 오르지 않고 중턱에서 돌아서 지나가게 만들어져 있다. 과오름을 에둘러서 지나가면서 과오름을 바라보았는데 숲은 꽤 깊은 느낌을 주었다. 과오름 둘레길에서 빠져나오자 길은 도새기 숲길로 바로 연결되었다.

과오름길을 걷고 있는 필자

도새기는 제주도말로 돼지라는 말이다. 돼지를 풀어서 키우는데 돼지들을 만날 수도 있기 때문에 그렇게 이름 지워진 길이었다. 집에서 기르는 돼지를 만날 수 있는 길이니 당연히 그렇게 깊지 않은 숲길이었다.

하지만 도새기 숲길은 꼬불꼬불 그 재미가 좋았다. 그렇게 잠시 숲과 놀고 나자 밭길이 나왔다. 그리고 그 길은 곧바로 우리를 고내봉으로 이끌었다.

고내봉, 즉 고내오름은 크고 높은 주봉을 중심으로 3개의 봉우리로 이루어져 있으며, 주봉 서쪽이 방애오름, 남쪽이 진오름, 남서쪽 공동묘지가 조성되어 있는 것이 너분(넓은)오름이라고 각각 불린다.

고내봉 정상에서 바라다본 고내리

오름을 돌아가며 산줄기가 뻗어내려 그 가장자리 마다 잡목이 우거지고 골들이 패어 있는 복합형 화구를 이루고 있다. 올레길은 고내봉 주위를 돌아서 나간 후 다시 1132번 국도를 넘어서 고내리로 들어섰다.

고내리는 아기자기한 모습이 매우 정이 가는 마을이다. 마을의 골목길을 잠시 가다가 우리는 밭길로 들어선다. 밭길을 따라서 십여분 가다보면 바다가 보인다 고내포구이다.

고내포구의 한쪽에 우주물이 있고, 그 우주물 앞에 15코스의 종점을 알리는 알림판이 있다.

고내포구로 향하는 운치있는 길

고내-광령 올레

다락쉼터와 향파두성

코스

고내포구 - 다락쉼터 - 신엄포구 - 단애산책로 입구 - 고래전망대 - 남두연대 - 증엄

새물 - 돌염전 - 구엄어촌체험마을 - 구엄마을 - 수산봉 - 수산저수지 입구 - 수산교

- 희망의 다리 - 예원동 복지회관 - 장수물 - 항몽유적지휴게소 - 항파두리 코스모스

정자 - 고성숲길 - 승조당길 - 별장길 입구 - 청화마을 - 향림사 - 광령초등학교 쉼터

- 광령1리 마을회관

16코스의 시작을 알리는 알림판 뒤에는 우주물이 있다. 우주물의 우주라는 뜻은 언덕 사이로 흘러 나오면서 물결 치는 물이라는 뜻이라고 한다. 이 물은 수도가 가설되기 이전에 이 마을에서 가장 주요한 생활용수를 책임졌던 곳이다. 지금은 수도가 가설되어서 빨래터로나 가끔 쓰인다고 한다. 모든 것이 제 역할을 하고 나면 물러서는 게 순리인 것이다. 항상 새로운 것이 오래된 것을 바꾼다. 그것을 거부해서는 안 된다. 고인 물은 썩기 마련이다.

제주에서 가장 아름다운 바다를 품은 다락쉼터

16코스는 우주물을 오른쪽으로 두고 도로를 따라서 야트막한 언덕을 올라가면서 시작되어서 해안도로를 따라서 길이 이어진다. 한

다락쉼터에서 본 바다와 하늘

500m를 걸어가자 언덕 위에 자그마한 공원이 조성되어 있다. 그리고 다락쉼터라는 표지판이 보였다. 관광객들의 발길이 이어지는 곳이다. 제주에서 볼 수 있는 가장 아름다운 바다 중의 한 곳을 여기서 볼 수 있다고 한다. 다락쉼터에서 바라본 바다는 눈을 감고 있다가 갑자기 눈을 떴을 때 눈 앞에 누군가 파란색 도화지를 펼쳐놓은 듯하다.

눈에 오는 감동을 떨굴 수 없어 한동안 다락쉼터에서 바다와 하늘을 번갈아 보면서 그렇게 앉아서 구경한다.

올레길은 아스팔트의 해안도로를 따라서 계속 이어진다. 공원과 작은 풀숲들 그리고 아스팔트 길을 번갈아 가면서 걸어갈 수 있다. 그리고 왼쪽 편에 펼쳐진 바다는 온 세상을 그러안을 것만 같게 잔

다락쉼터에서 본 바다와 하늘

뜩 파란 물감을 머금고 있다.

멀리서 신엄포구가 우리를 반겨준다. 신엄포구를 지나자 산책로
가 나타났다. 바다와 해안도로 사이의 공원에 산책로를 만들어 놓
은 것이었다. 8월의 산책로는 수풀이 우거져 있다.

산책로에 들어서니 맨 처음 우리를 반겨 주는 것이 신엄도댓불이
다. 현무암을 가지고 쌓아 올린 제주도의 옛 등대였다. 잠수부가 밤
중에 고기잡이를 마치고 포구로 돌아올 때 불을 밝혀 안전하게 길
잡이 역할을 하였다고 한다.

산책로를 따라 가다 보니 고래전망대가 나온다.고래가 자주 출몰
하는 지역이어서 고래를 볼 수 있는 곳이다.

산책로는 아기자기하게 만들어져 있었다. 가끔씩 바다를 향해 놓

신엄포구의 신엄도댓불

여 있는 벤치는 한 번씩 앉아보게 만들었다. 그리고 그곳에 앉은 채 바라보는 바다는 그야말로 이 세상 전부였다.

그렇게 계속 길을 가니 남두연대가 나온다. 남두연대는 산책로를 기준으로 바닷가 방향이 아니라 반대 방향에 놓여 있어서 자칫하면 놓치기 쉽다.

인간이 만들어 놓은 연대는 자연의 위대한 힘 아래에서 그 위력을 발휘하지 못하고 있다. 이렇게 아름다운 자연의 볼거리 속에서 남두연대는 오히려 초라하다는 생각이 들게 만든다.

고개를 살짝 돌리는 그 곳에는 위대한 바다가 놓여 있다. 바다의 위풍당당함을 바라보면서 걸었더니 어느새 중엄새물에 이른다. 중엄새물은 중엄리에 마을이 들어설 수 있는 식수원이었다. 겨울철이

남두연대에서 바라본 바다와 하늘

면 넘나드는 파도에 물을 긷는 것이 힘들었지만 1930년대에 방파
제를 만들어서 쌓아서 더 이상 물을 긷는데 힘이 들지 않게 만든다.
지금도 수량이 풍부하고 해수가 안으로 전혀 들어오지 않는다.

중엄새물을 지나서 계속해서 해안을 따라서 걸어갔다. 쉬엄쉬엄
걸었더니 거의 두 시간 가까이 바다와 함께 걸어간다. 하지만 전혀
지루하지 않다. 바다는 늘 한 모습이었지만 변화무쌍한 육지와 새
로운 조화를 이루면서 새로운 바다의 모습을 보여주었기 때문이다.

올레길은 그렇게 구엄포구까지 이어진다. 구엄포구는 곁에서 보
기에도 아기자기하게 만들어 놓은 관광지 같은 생각이 든다. 맨처
음 맞이한 것은 구엄리 돌염전이다. 구엄리 돌염전은 커다랗고 평
평한 바위, 즉 제주말로 빌레 위에 염전을 만들어서 바닷물을 증

구엄리 돌염전

발시켜 소금을 얻는 제주도 전통 염전이다. 이곳에서 생산된 돌소금은 넓적하게 생겼을 뿐만 아니라 맛과 색깔이 뛰어났으나 이미 1950년대 이후로 지금은 소금 생산이 안 되고 있다.

소금빌레를 지나서 조금 가보니 바로 익숙한 도댓불이 보였다. 신엄리에 도댓불이 있듯이 이곳 구엄리에도 도댓불이 있었음을 보여주는 것이다. 구엄리에서는 이 도댓불을 장명등이라고 불렀다고 한다. 신엄리 도댓불과 또 다른 형태의 도댓불이다. 신엄리의 것이 사각형의 받침대를 가지고 있었다면 이것은 둥근 원뿔형의 받침대를 가지고 있다.

구엄포구에서부터는 마을을 지나고, 밭길을 지난 뒤 아스팔트의 차도를 넘어서 이어지는 시멘트 바닥의 길을 따라서 수산봉으로 가

구엄리 도댓불

는 육지길이다. 이제 바다는 멀리 사리지기 시작한다.

　수산봉은 물메오름이라고도 한다. 신통력을 가지고 있는 영봉이라고 생각을 해서 제주에 가뭄이 들면 제주목사가 이곳에 와서 기우제를 지냈다고 한다. 높지도 크지도 않은 오름이다. 수산봉을 가로 질러서 내려가면 수산리 저수지가 나온다. 저수지를 좌측으로 두고 좁은 길로 걸어간다. 수산교를 지나서 마을과 밭을 지나서 한동안 걷다보면 집들이 옹기 종기 모여있는 작은 마을을 지나서 장수물로 이어진다. 장수물은 삼별초의 김통정 장군이 관군에게 쫓기다가 토성을 뛰어넘었을 때, 바위에 파인 발자국에서 물이 솟아나게 되었다는 전설이 깃들어 있는 곳이다. 장수물을 지나서 항파두리로 향한다.

향파두리 토성 유적지

항파두리에는 항파두성이 있다.

삼별초 최후의 격전지 향파두성

13세기 말(1273) 김통정 장군과 삼별초 대원들이 여몽연합군과 마지막까지 싸운 곳이다. 진도 싸움에서 패한 삼별초는 원종 12년 (1271) 제주도에 들어와 안팎 2중으로 된 성을 쌓았는데 안쪽의 성은 성벽의 안팎을 수직에 가깝게 돌로 쌓았으며, 바깥 성은 언덕과 계곡을 따라 흙으로 쌓았다. 항파두리 토성은 해발 약 190~215m에 위치하고 있다. 향파두성의 북쪽 구엄포구와 하귀포구로부터 약 3km 내륙으로 들어온 위치이다. 토성의 동편으로는 고성천이라고 불리우는 건천이 있고 서편으로는 소앵천이라고 불리우는 건천이

향파두리 항몽유적지 입구

있다. 지형은 남고북저를 하고 있는데 북쪽인 경우 토성부근이 급격한 경사를 이루고 있고 동쪽은 완만하고, 서쪽은 단애를 이루는 하천을 두고 있어서 성을 쌓기에 천연적으로 적합한 지형을 이루고 있다. 이러한 지형을 이용하다 보니 성의 둘레는 약 6,000m이고, 길이는 남동과 북서쪽으로 가장 긴 쪽이 약 1,458m이고 남서와 북동으로는 가장 짧은 쪽이 664m로 타원형 모양으로 이뤄지고 있다. 토성의 중앙부에는 내성을 만들었는데 석축으로 협축을 하고 잡석으로 채워넣었다. 또한 북측에 잘 발달된 용천수가 형성되어 있고, 이 용천수를 보호하기 위한 보조적인 외성을 쌓았다고 한다.

돌쩌귀, 기와, 자기, 연못터 등 많은 유적이 발견되었다. 제주시에서는 1976년에 이곳을 제주도기념물 제28호로 지정하고 1978

돌쩌귀

년 6월에 유적지 복원사업을 시작하여서 항몽순의비 등을 설치하고 1997년에 국가지정 사적으로 인정받은 곳이다.

삼별초의 최후를 뒤로 하고 고성숲길로 들어선다. 자그마한 숲길이다. 이 길은 바로 고성천길로 연결된다. 항파두리 토성의 동쪽에 있는 고성천은 건천이지만 그 깊이는 내려다보기에 무서울 정도로 깊다. 고성천길을 조금 지나니 숭조당 건물이 나온다. 숭조당 건물 앞에서 청화마을로 향해서 걸어간다. 청화마을을 알리는 푯돌이 커다랗게 서 있어서 청화마을 입구에 왔다는 것을 쉽게 알 수 있다. 청화마을을 통과해서 향림사까지는 밭길과 마을길을 번갈아가면서 지나온다. 향림사를 지나자 도시임이 느껴진다.

골목을 조금 걸어서 가면 광림초등학교가 나온다. 광림초등학교

청화마을 입구

를 오른쪽으로 두고 모퉁이를 돌아서 큰길로 나오면 갑자기 사람들
도 많아지고, 차들도 많아진다. 제주시내에 다가가고 있음을 알 수
있다. 차도를 따라서 200여 미터를 가자 16코스의 종점인 광령1리
마을회관이 나온다.

16코스 종점 광령1리 마을회관 앞

광령-제주원도심 올레
무수천과 용두암

코스

광령1리 마을회관 - 무수천사거리 - 광령교 - 무수천트멍길 - 창오교 - 외도천교 - 외도월대 - 외도교 - 외도포구 - 알작지해변 - 이호포구 - 이호테우해수욕장 - 도두추억애거리 - 도두봉산책로 입구 - 도두봉 정상 - 장안사 - 사수동약수물 - 몰래물 - 방사탑 - 어영소공원 - 용담레포츠공원 - 다끄네물 - 용두암 입구 - 용연구름다리 - 무근성 - 관덕정 -간세라운지

광령1리 마을회관에서 시작하는 17코스는 버스 길을 따라간다. 도시적 냄새가 가득 풍기는 광령1리이다. 사람도 차도 많이 보인다. 1136번 국도를 따라서 버스가 온 길을 거슬러 올라오면 1135번 국도와 만나게 된다. 그곳에서 무수천 쪽으로 방향을 틀어서 바닷가 쪽으로 향하면서 올레길이 본격적으로 시작된다.

제주에서만 볼 수 있는 아름답고도 위험한 무수천

무수천(광령천)은 생각했던 것 보다 훨씬 크고 거칠고 위험하다. 무수천을 따라 길을 걷는데 나무와 풀에 가려서 무수천이 거의 보이지 않아서 도대체 무수천이 이어지고 있는 걸까 하고 숲을 비집고 쳐다보려는 순간 나는 그만 놀라지 않을 수 없었다. 왼쪽, 즉 무

무수천

수천과 나를 경계 지워주던 나무와 숲은 낭떠러지에 매달려 있다. 그러니까 숲이라고 생각했던 그 곳에 아무 것도 없이 낭떠러지가 있었던 것이다.

한 여름을 시원하게 느끼게 만드는데 충분하였다. 무수천 계곡을 따라서 걸어가는 길은 무난한 시골길이다. 게다가 내리막길이어서 충분히 쉬면서 갈 수 있는 길이다. 조금 내려가다 보니 무수천이 한 눈에 들어왔다. 그 아름다운 모습은 제주도에서도 자주 볼 수 있는 장면이 아니다. 자연 그대로의 바위와 어울린 나무들이 한껏 멋을 뽐냈다.

무수천을 따라가다가 창오교를 건너서 밭 사이로 난 길을 잠시 걷다가 다시 무수천쪽으로 가서 외도천교를 건넌다. 외도천교를 지

무수천과 창오교

나서 다시 도시 안쪽으로 들어갔다가 외도운동장 옆으로 해서 무수천변으로 다시 걷는다. 그리고 월대교를 지나서 외도월대를 걷는다.

월대는 광령천과 도근천이 합류하는 지점에 있는 평평한 대를 가리키는 말이다. 이곳에는 특히 오래된 팽나무와 해송이 늘어져 있어서 큰 그늘을 만들기도 하고 또 경치를 아름답게 만들었다. 이름이 월대인 이유는 지형이 반달과 같아서 달이 뜰 때 주위와 더욱 잘 어우러져서 물 위의 모습이 장관을 이루었기 때문이라고 한다. 이러한 장관을 신선들이 내려와서 구경하곤 하였다니 비경을 굳이 말로 설명할 필요가 없다.

월대를 지나자 이제 본격적으로 바다가 보이기 시작한다. 그리고

광령천이 바다와 만나는 곳

올레길은 해안을 따라서 가기 시작하고 알작지 해안으로 향한다. 알작지 해안은 제주도에서는 유일하게 자갈로 이루어진 해안, 즉 역빈이다. 그리고 해안의 기암괴석들도 눈에 띤다. 지하 깊숙한 곳에서 지표를 향해 올라오던 마그마가 지표근처에서 굳어져서 만든 기괴한 모습들이다.

　기암괴석들을 한 쪽으로 하고 다시 아스팔트 길을 걷기 시작했다. 밭길을 지나서 이호테우해변으로 간다. 올레길은 해변을 지나서 공원 쪽으로 길이 나 있다. 이호테우해수욕장을 지나고 이호천을 지난 뒤 도두동 추억애(愛)거리로 들어선다. 도두동 추억애거리는 방파제를 따라서 이어진 길에 지금의 성인들이 어렸을 때 하고 놀았던 놀이들을 재현해놓은 인형들이 서있다. 잠시 추억을 생각할

알작지

수 있는 거리이다.

　추억애거리를 천천히 지나서 가니 오른쪽으로 도두봉이 보인다.
도두봉을 올라가려면 생선뼈의 모양으로 만든 육교, 즉 도두구름다
리를 건너야 한다. 구름다리를 건너서 도두봉 정상을 지나서 장안
사쪽으로 내려온다. 잠시 밭길을 가다가 다시 해안도로로 나온다.
이 해안 도로는 오른쪽으로는 제주공항 활주로가 길게 펼쳐지고 왼
쪽으로는 바다가 드넓게 펼쳐지는 지역이다. 가끔 비행기 소리를
들으면서 삼십 분 정도 걸어가면 어영소공원이 나온다. 여기서 계
속해서 해안도로로 가면 17코스가 이어지는 길이고, 오른쪽으로 꺾
어져서 가면 공항올레길이다. 이 공항올레는 공항의 경계선을 따라
서 가다가 제주공항의 대합실 앞으로 이어진다.

추억애거리

어영소공원에는 관광객들이 차를 대고 내려서 구경을 하는 모습이 자주 눈에 들어왔다. 이곳에서 바라보는 바다도 아름다웠다. 푸른 바닷물이 흔들림이 전혀 없다.

하늘에서는 비행기가 계속 날고 있다. 그리고 용담레포츠공원을 지나자 고층 아파트와 빌딩들이 오른쪽에 군집을 이루고 있다. 그리고 조금 더 걷자 용두암이 눈에 들어온다.

하늘로 승천하는 용두암

용두암은 이름 그대로 용이 포효를 하면서 바다에서 막 솟아오르려는 형상을 하고 있다. 그 형태의 오묘함도 오묘함이지만, 왠지 모를 기도 느껴진다. 다만 관광 명소답게 용두암에는 관광객들이 북

용두암

적대어서 올레길을 걷는 올레꾼들에게는 반갑지 않은 모습들을 보게 된다. 올레길은 용두암을 지나서 용연으로 인도했다. 용연은 용두암에서 동쪽으로 200m정도 거리에 있는 호수이다. 용이 놀던 자리라고 해서 붙여진 이름이다. 바닷물과 민물이 만나는 오색 물결빛이 아름답고 울창한 숲과 조화를 이룬 절벽과 물속의 바위들의 절경을 이루고 있다. 쇠소깍과 비슷한듯 비슷하지 않은 풍경을 보여주고 있다.

용연을 지나자 이제 올레길은 제주 시내로 인도한다. 올레 리본을 따라서 제주 시내의 좁은 골목길들을 걸어가기 시작한다. 제주에서 가장 오래된 마을인 무근성이다. 시내의 좁은 길을 십여 분 걸은 뒤 관덕정과 마주한다. 관덕정은 조선 세종 때인 1448년 암무사

용연

제주목관아 입구

신숙청이 병사들을 훈련시키기 위해 세운 제주도의 대표적인 건물로서 원형을 유지하고 있었다.

관덕정을 지나서 조금 가다 보면 옛 건물이 하나 더 있다. 이 건물은 향사당이다. 향사당은 고을의 한량들이 봄, 가을 모임을 가지고 활 쏘기와 잔치를 베풀며 당면 과제나 민심의 동향에 대해서 논하던 곳이다. 제주도의 미래가 아마도 이곳에서 결정되었을 것이다. 골목길들을 지나서 제주 중앙로와 마주치는 지점 왼쪽에 17코스의 끝을 알리는 간세와 표지판이 있다.

올레가 찾은 맛집

현옥식당

제주공항에 도착해서 코스를 찾기 위해서 제일 먼저 찾아가는 곳이 바로 제주시외버스터미널이다. 제주시외버스터미널은 공항에서 가장 쉽게 갈 수 있다. 그리고 바로 이곳 제주시외버스터미널에서는 제주올레의 거의 전 코스의 시작점을 찾는데 요긴한 버스가 출발하는 곳이기도 하다.

만약 어딘가에서 서둘러서 일을 마치고 제주도에 왔다면 공항에서 한 끼를 할 것이 아니라 바로 제주시외버스터미널로 가자. 그리고 뒤편에 있는 제주종합경기장쪽 골목길으로 금 들어가면 왼쪽에 정말 허르스름하기 짝이없는 건물의 벽에 현옥식당 또는 현옥기사식당의 간판이 보인다. 이곳에는 일반적인 기사식당처럼 김치찌개 등 다양한 메뉴를 가지고 있다. 그 중에서 최고는 돼지두루치기이다. 감칠맛나는 돼지두루치기를 한 번 맛보면 저절로 감탄사가 나올 것이다. 물론 가격도 착하다.

제주 원도심–조천 올레

사라봉과 만세동산

코스

간세라운지 - 제주항연안여객터미널 - 사라봉 - 애기업은돌 - 곤을동 4.3유적지 - 화

북포구 - 별도연대 - 새각시물 - 삼양해수욕장 정자 - 원당봉 입구 - 불탑사 - 신촌가

는옛길 - 시비코지 - 닭머르 - 신촌포구 - 대섬 - 수암정 -연북정 - 조천만세동산

올레
18
코스

간세라운지
(시작)
큰엉덕객주터
사랑봉 입구
사랑봉 정상
별도봉
산해길
제주항연안
여객터미널
애기업은 돌
화북비석거리
동마을복지회관
화북포구
새각시물
삼양해수용장
원당봉
입구
불탑사
삼화포구
신촌가는 옛길
시비코지
닭모루
신촌포구
대섬
연북정
조천
만세
동산
(도착)

18 코스 제주원도심 - 조천 올레

간세라운지를 벗어나면 바로 제주시내 중앙로를 따라서 가게 된다. 중앙로를 따라 가다가 골목으로 들어서서 조금 걸으면 오현단을 만나게 된다. 오현단은 조선시대 제주에 유배되었거나 목사 등의 관인으로 와서 훌륭한 공헌을 한 다섯 분을 기리기 위해 마련한 제단이다.

오현, 즉 다섯 명의 현인은 충암 김정, 규암 송인수, 청음 김상헌, 동계 정온, 그리고 우암 송시열 이렇게 다섯 분이다. 지금도 이곳에서는 각종 전통적인 행사가 지역 주민들의 힘으로 이루어지고 있다.

오현단을 지나고 오현교를 지나면 오른쪽에 동문재래시장이 나타난다. 동문재래시장은 제주도에서 그 규모가 가장 큰 시장이다.

오현단

동문재래시장에서 과일이나 간식거리를 산 뒤 18코스를 계속해서 가는 것도 나쁘지 않다. 동문재래시장을 지나치면 탐라문화광장으로 차도를 건너서 산지천을 따라서 길을 가게 된다. 산지천은 곧바로 제주항으로 이어진다. 산지천 중간에는 조천석 제사터가 있다. 이곳에서 제주 사람들은 홍수의 재앙을 막아달라고 제사를 지냈다고 한다.

십여 분을 산지천을 따라서 걸어 내려가면 추자도, 즉 올레 18-1 코스를 가기 위한 배를 타는 제주항을 바라볼 수 있다.

올레길은 제주항연안여객터미널 앞에서 언덕을 오르기 시작한다. 가까이서 여객터미널만 보았을 때에는 그렇게 작아 보이는 제주항을 언덕 위에서 바라보니 그 규모가 제법 큰 것을 느낄 수 있다.

동문재래시장

도시 언덕 위의 한 동네를 잠시 걸어서 올라가면 공원이 나타난다. 이 공원은 이곳 사람들의 사랑방 같은 곳이다. 이곳이 바로 사라봉 입구이다. 제주시 중심부에서 불과 2km 남짓 떨어진 해안에 자리하고 있는 사라봉의 사봉낙조는 성산일출과 함께 영주십경의 하나라고 한다.

낙조가 아름다운 사라봉

사라봉 공원은 2km 정도의 도시 모습의 잔영을 없애주는데 충분하였다. 사라봉은 높지도 깊지도 않은 산이었지만 정신을 맑게 하고 마음을 차분하게 해주는데 충분하였다. 사라봉 정상은 겨우 해발 150m도 안되었지만 제주도의 아름다움을 느끼기에는 충분하였다. 사봉낙조를 굳이 보지 않더라도 충분하다. 이렇게 시야가 깨끗하고 맑은 곳은 제주에서도 찾기 힘들지 않을까 생각된다.

그런데 그렇게 아름다움을 감상하고 있던 때에 일제동굴진지 표지판을 발견하게 된다.

일본제국주의는 제주도의 이곳 저곳에 자신들의 야욕의 상처를 남겨두었으며 사라봉의 경우도 예외는 아니다.

사라봉 정상에서 벗어나서 내려오는 길은 숲이 우거진 아스팔트 길이다. 그리고 그 길은 곧바로 해변으로 연결되면서 시야를 확 트이게 만든다. 제주에서만 느낄 수 있는 그러한 상쾌함이다. 숲이나 도시를 걷다가 펼쳐지는 바다! 그 곳으로 산책로가 아름다운 모습을 드러낸다.

　사라봉에서 거의 다 내려와서 마을을 눈으로 맞이하게 되면서 사라봉과 마을 사이의 이상한 흔적들을 우리는 볼 수 있다. 밭을 만들어 놓은 것 같기도 하고, 집을 짓기 위해서 터를 닦아 놓은 것 같기도 하다. 바로 이곳이 곤을동마을터이다. 4.3의 비극이 그대로 보존된 곳이다.

　1949년 1월 주민들 중 일부 사상이 의심스럽다고 생각되는 사람들을 화북동 동쪽 바닷가인 모살불에서 학살하였으며, 밧곤을 28가구 마저 모두 불태워 버렸다. 그 후 곤을동에는 인적이 끊기게 되었고, 60년이 지난 지금에도 이렇게 흔적만 남은 채 외롭게 사람들을

그리워하고 있다.

　아픔을 뒤로 하고 길은 화북포구로 향했다. 화북동 안에는 1820년 목사(牧使)였던 한상묵이 해상을 왕래할 때 안전을 기원하기 위하여 화북포구 해안에 사당을 짓고 매년 정월보름에 해신재를 지내도록 한 곳인 해신사를 비롯해서, 화북진성, 청풍대, 고려 원종 11년 삼별초군이 제주로 들어가는 것을 막기 위해 쌓았다는 별도환해장성, 제주도 곳곳에서 볼 수 있는 연대인 별도연대 등이 있다. 이렇게 규모가 크지는 않지만 제주 근현대사의 모든 것들을 담고 있는 화북포구는 한 쪽 넘길 때 마다 시대가 다르게 쓰여져 있는 역사책 같은 느낌이 든다.

　화북포구를 나오면 아스팔트 길로 연결된 올레길은 별낭포구를 지나서 삼양해수욕장으로 들어간다. 이곳의 모래는 아주 부드럽고 까맣다.

　삼양해수욕장의 검은모래해변은 마음을 가볍게 만들어준다. 잠시 해변을 만끽한 후 원당봉쪽으로 가다가 신촌가는 옛길로 방향을 바꾼다. 길에서 불탑사와 마주치게 된다.

　그 중 불탑사는 보물 제 1187호 오층석탑이 있는 절이다. 이 오층석탑은 제주도내에 있는 유일한 불탑이다. 현무암으로 만들어진 이 탑은 1층의 기단과 5층의 몸돌이 아주 좁아진 이상한 양식으로 만들어져 있다. 몸돌에는 아무런 표시나 문양도 없는 간단한 모습

불탑사 오층석탑

을 하고 있으며 지붕들은 네 귀퉁이의 끝만 살짝 올라간 형태로 만
들어져 있다.

　이 석탑은 1300년에 원나라의 황실에 공녀로 끌려가 황후가 된
기씨에 의해 세워졌다고 한다. 일인즉슨 당시 원나라 황제인 순제
는 태자가 없어 고민을 하고 있었는데 이때 한 승려가 나타나서 북
두칠성의 명맥이 비친 삼첩칠봉(三疊七峰)에 탑을 세워 불공을 드
리면 태자를 얻을 것이라고 하였다. 이에 순제는 천하를 두루 살피
다가 탐라국 영주 동북 해변에 위치한 이곳에서 삼첩칠봉을 찾게
되었다. 원나라는 사자를 보내어 삼첩칠봉 중에서도 주봉인 이 자
리에 오층탑을 건립하고 불공을 드린 후 태자를 얻었다고 한다. 그
후 이곳은 아들을 원하는 여인들이 와서 기도를 드리면 아들을 나

을 수 있는 곳으로 알려져 있다.

불탑사가 있던 절의 이름은 원당사였다. 이 원당사는 13세기 말에 원에 의해서 만들어졌다고 한다. 1702년 배불정책에 의해서 훼철되었지만 불탑만은 그대로 보존하였다. 그러다 1914년 제주 불교를 크게 부흥시킨 안 봉려관 스님이 이곳에 다시 사찰을 세우고 불탑사라고 개칭했다. 그래서 지금은 불탑사 오층석탑이 되었다.

이 자그마한 오층석탑 안에는 14세기 100년 동안의 역사가 고스란히 담겨 있다.

올레길은 신촌 가는 옛길로 우리를 안내한다.

신촌 가는 옛길은 삼양에 사는 사람들이 신촌마을에 제사가 있는 날이면 제사 밥을 먹기 위해 오갔던 길이라고 한다. 삼양에서 신

신촌가는 옛길의 아름다운 들판

촌까지 가는 길은 거의 10리는 되어 보이는데 이 먼긴 길을 우리 조
상들은 무슨 생각을 하면서 걸어가서 제사 밥을 먹었을까 생각해본
다. 그런데 정작 삼양에서 신촌으로 가는 옛길은 제주에서 볼 수 있
는 온갖 아름다움을 간직하고 있다.

아름다운 바다, 아름다운 바위, 아름다운 마을, 아름다운 들판,
아름다운 하늘. 10리 가까이 되는 길은 언제 어떻게 지나왔는지 알
수 없을 정도였다. 닭머르를 지나 신촌포구까지 단숨에 넘어간다.

신촌포구는 반듯한 어촌마을이다.

배도 많이 있었으며, 울긋불긋한 지붕들의 집들도 마치 70년대
새마을 운동으로 새단장을 막 끝낸 촌스러운 아름다움이 있다.

신촌포구를 지나서 신촌마을과 조천마을의 경계가 되는 섬인 납

닭모르 해안길

작하게 생긴 대섬을 경유한 뒤 연북정을 만나게 된다. 연북정은 유배되어 온 사람들이 제주의 관문인 이곳에서 혹시나 하는 심정으로 한양에서 오는 기쁜 소식을 기다리면서 북녘의 임금에 대한 사모의 충정을 보내는 곳이라고 하여서 붙여진 이름이라고 한다.

연북정을 지나서 마을을 살짝 지나가니 올레 18코스 종점이라는 안내판이 보인다. 그리고 뒤로 3.1독립운동기념탑이 높이 솟아 있었다. 조천 만세동산이었다.

지금도 만세 소리가 들리는 조천 만세동산

조천 만세동산에는 제주항일기념관이 한 쪽에 들어서 있고, 애국선열 추모탑, 함성 동상, 절규, 동상 그리고 제주출신 순국선열과

연북정

애국지사의 위패를 봉안하는 창열사 등이 세워져 있다.

　제주도에서 본격적인 항일투쟁이 시작된 것은 1918년 법정사에 서 였다. 법정사 스님과 토속 종교인 선도교 수령이 주제하여 400 명을 모아서 무장 투쟁을 했지만 일제에 의해서 저지당했다. 많은 사람들이 다치고 죽임을 당하면서 소중한 교훈을 얻었다. 그것은 일제와 함께 살 수 없다는 것이다.

　얼마 지나지 않은 1919년 3월에 전국적인 만세운동이 시작되었 다. 그리고 같은 해 3월 16일 당시 서울 휘문고보 학생이었던 김장 환이 독립선언서를 가지고 제주도로 돌아와서 숙부인 김시범에게 3·1운동의 상황을 전했으며 이에 김시범은 제주에서 만세운동을 하기로 결심하고 김시은, 김장환과 함께 제주의 유림들 사이에서

만세동산의 애국선열 추모탑

명망이 높았던 김시우의 기일인 3월21일을 거사일로 결정했다. 태극기를 제작하는 등 사전에 치밀한 준비를 하였고 마침내 3월21일 조천리 미밋동산(만세동산의 옛이름)에서 독립선언식을 거행한 후 만세 시위행진을 하였다. 이후 시위 주역들이 모두 체포된 3월 24일 4번째 만세운동을 끝으로 제주에서의 만세운동은 종료되었다. 그러나 이 만세운동은 함덕, 신촌, 신흥 등 인근 지역뿐 아니라 서귀포 등지로도 확산되었고 이후 제주지역에서 전개되는 다양한 민족해방운동의 모태가 되었다.

추자도 올레
추자등대

코스

추자항 - 추자면사무소 - 최영장군 사당 - 봉글레산 - 순효각 - 박씨처사각 - 추자등대 - 바람케 쉼터 - 추자교 - 묵리 고갯길 - 묵리 교차로 - 신양정 - 신양2리 - 신양항 - 모진이 뭉돌해안 - 황경헌의 묘- 예초리 기정길 - 예초리포구 - 엄바위 장승 - 돈대산 - 묵리 교차로 - 담수장 - 온달산 길 - 추자교 - 영흥 쉼터 - 추자면사무소 - 추자항

올레 18-1 코스

221

올레18-1코스는 제주항에서 배를 타면서 시작한다. 제주항에서 추자항까지는 한 시간 남짓 걸린다.

추자항은 왠지 낯설어 보인다. 제주도와는 다른 느낌을 전해준다. 우선 산세가 제주도답지 않았다. 너른 들이 많아야 하는데 산이 겹겹이 싸여 있었다. 추자도 코스는 약 18km이다. 하지만 제주도에서 18km를 생각하면 큰 오산을 하게 된다. 추자도의 18km는 아마도 제주도에서 30km는 생각해야 할 코스이다. 길이 오르락내리락을 반복하기 때문이다. 18-1코스의 시작을 알리는 표시가 추자항 여객선 대합실 옆에 있었다. 빽빽하게 들어서 있는 차들로 인해서 그 시작을 알리는 표시가 쉽게 눈에 들어오지 않는다.

항구를 왼쪽으로 두고 길을 떠난다. 잠시 평지를 걷다가 바로 최

18-1 코스의 시작 추자항 여객선 대합실

영장군사당을 알리는 표시를 따라 추자초등학교를 향해 경사진 길을 따라 올라간다. 말끔하게 서 있는 추자초등학교 운동장을 왼쪽으로하고 돌면서 올라가면 윗쪽으로 최영장군사당이 있다. 최영 장군은 공민왕 때 목호들이 고려의 정책에 반대하자 목호들을 소탕하라는 명령을 받고 이곳 추자도에 군대를 주둔시키고 목호들을 완전히 소탕하였다. 목호를 소탕한 최영장군의 업적을 기리기 위한 것이다.

그런데 이 목호의 난 진압이 고려 왕조의 운명을 바꾸게 된다. 최영이 제주도로 내려가 있는 사이에 개경에서는 공민왕이 시해되었고, 명의 사신은 3백 필의 말을 가지고 돌아가던 중 개주참(開州站)에서 호송을 맡았던 고려의 관리 김의에 의해 피살되어, 고려와 명의 외교관계는 험악해지게 되었고, 명의 철령위(鐵嶺衛) 설치 통보에서 최영 등에 의해 요동 정벌 시도가 촉발되었다. 이때 팔도 도통사(八道都統使)로서 직접 정벌군을 지휘하려는 최영을 우왕은 "선왕(공민왕)이 시해된 것은 경(최영)이 남쪽(제주)으로 정벌하러 나가서 개경에 아무도 없었기 때문"이라며 한사코 자신의 곁에 붙잡아두려 하였고, 결국 최영 대신 요동정벌군을 지휘하게 된 우군도통사(右軍都統使) 이성계(李成桂)가 위화도(威化島)에서 군사를 돌려(위화도 회군) 최영을 처형하고 우왕을 폐위시킴으로써, 조선 건국의 단초를 마련하게 된다. 역사의 아이러니라고 해야 할까!

최영장군사당을 지나면 소나무 사이의 오솔길로 접어든다. 그리고 그 오솔길 끝에는 너른 바다가 펼쳐진다. 바다를 뒤로 하고 마을로 들어서는가 싶다가 다시 경사진 언덕을 오른다. 봉글레산 정상을 향한 것이다. 헬기장을 지나고 봉글레 쉼터를 지나서 그렇게 가파르지 않은 경사로를 따라 올라가면 봉글레산 정상이 나온다. 봉글레산 정상에서는 바다에 둘러싸여 있는 상추자도와 멀리 산처럼 보이는 추자도의 다른 섬들이 보인다.

봉글레산 정상에서 내려오면 다시 상추자도의 추자항이 있는 대서리 마을로 들어선다. 아기자기한 마을 길을 따라서 10여 분 걸으면 순효각이 나오고 마을을 벗어나서 낮은 언덕을 올라가면서 나바론절벽 맞은편의 추자등대를 향해 올라간다.

추자도를 한 눈에 내려다 볼 수 있는 추자등대

추자등대는 추자도에서 가장 높은 곳에 위치한 곳이다. 추자등대에서 바라보는 하추자도와 바다가 장관을 이룬다.

추자등대에서 계단을 따라서 내려가다 보면 멀리 산등성이에 바람케 쉼터가 보인다. 정자처럼 생긴 쉼터는 올레꾼들이 잠시 쉬어갈 수 있도록 만들어 놓았다. 산등성이를 따라서 한참을 내려가면 상추자도와 하추자도를 잇는 다리인 추자대교가 나온다. 추자대교는 한산하였다. 가끔씩 지나가는 화물차가 이곳에 사람들이 살고

추자등대에서 내려다 보는 바다

있음을 알려주었다. 추자대교를 지나면 묵리 고갯길을 오르게 된다. 추자대교를 지나자 마자 다시 언덕을 올라가게 되고, 추자등대에서 바라다 본 하추자도의 전경을 떠올리게 된다, 유난히 산이 많았던 하추자도의 모습을. 묵리 고갯길을 따라서 숲길을 한참 가게된다.

제주도의 곶자왈과는 사뭇 분위기가 다르다. 하지만 그러면서도 또 비슷한 모습을 띠고 있기도 하다. 숲길은 언제나 새롭다. 새로운 숲길을 가다가 묵리숲 사거리를 만난다. 길은 묵리 마을로 향한다. 묵리 마을을 들어서게 되면 우물이 제일 먼저 반겨준다. 우물을 지나서 마을을 지나면 올레길은 해변도로로 이어진다. 오른쪽으로 섬생이 섬이 보인다. 갈대 숲을 지나 자그마한 소나무 숲을 통과해서 신양리로 들어서게 된다. 신양리에는 신양항이 있다.

신양리를 지나서 가다 보면 황경한의 묘로 가는 표시가 눈에 띤다. 언덕을 살짝 넘어서 언덕길을 가쁘게 올라가면 오른쪽으로는 바다가 드넓게 펼쳐져 있고 왼쪽 양지바른 곳에 소박한 무덤 하나가 보인다. 그것이 바로 황경한의 묘이다.

평범한 어부 황경한은 신유박해 때 순교한 황사영 알렉시오와 제주관노로 유배된 정난주 마리아 부부의 아들이었다.

아스팔트 길을 따라서 한참 올라간다. 오른쪽으로는 넓은 바다의 모습이 보인다. 꽤나 힘든 언덕길을 올라간 뒤 해변의 솔길을 지나서 예초리로 향한다. 예초리에도 작은 포구가 하나 있다. 예초리도 추자도의 다른 마을만한 크기다. 예초리를 지나서 아스팔트 길

신양항에서 바라다본 바다

을 한 참 걸으면 오른쪽으로 엄바
위 장승이 보인다. 지금은 한창 새
롭게 단장을 하고 있다.

엄바위정승

엄바위 장승을 지나서 조금 더
걸어가다 보면 학교가는 샛길이 나
오고 산 속으로 들어가게 된다. 산
속 계단으로 된 오솔길을 따라서
한참을 올라가다 보면 돈대산 정상
이 나온다. 해발 164m밖에 안 되
는 산이지만 경사가 만만치 않으니 천천히 쉬엄쉬엄 올라가는 것이
좋을 듯 하다.

돈대산 정상에는 팔각정이 위엄 있게 서 있다. 그곳에서 바라보는
추자도 풍경과 바다는 추자도에 올 이유를 주기에 충분하다. 추자도
올레를 걷다가 잠시 머물면서 몸과 마음을 푹 쉴 수 있는 곳이다.

돈대산 정상을 뒤로 하고 오솔길을 따라서 내려오면 길은 담수장
으로 향한다. 담수장을 우측으로 두고 돌아서 은달산 전망터를 지
나서 참굴비 모형을 지나면 하추자도를 처음 시작했던 추자대교에
이른다. 추자대교를 역으로 걸어 가면 바로 추자교 쉼터가 나온다.
도로를 따라서 계속 가다보면 왼쪽에 충혼묘지가 오른쪽에는 가두
리 양식장이 보인다. 제주도에서 흔히 보던 방사탑들이 몇 개 서 있

돈대산 정상에서 바라다본 추자도

고, 계속 길을 가다보면 마을이 나온다. 이 마을은 바로 상추자항이
있는 대서리와 연결되어 있는 영흥리에 닿는다.

　영흥리 마을 길을 따라서 항구로 들어가면 처음에 출발했던 추자
항 여객터미널이 보인다. 그리고 그곳에서 시작을 했듯이 그곳에서
18-1코스는 끝이 난다.

조천–김녕 올레

제주항일기념관과 너븐숭이 4·3 기념관

코스

조천만세동산 – 관곳 – 신흥해수욕장 – 앞갯들 – 함덕서우봉해변 –서우봉 – 너븐숭이

4·3기념관 – 북촌통영대 – 북촌동굴 – 나시빌레 – 동복교회 – 동복리 마을 운동장(벌

러진 동산) 김녕마을입구 – 김녕농로 – 남흘동 – 백현사 – 김녕서포구

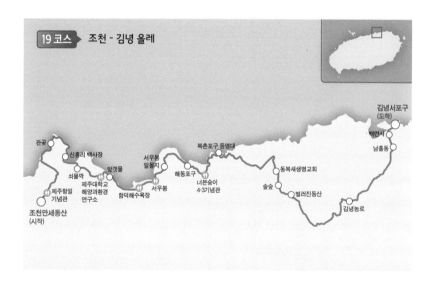

19코스는 조천만세동산을 가로지르며 시작한다. 공원 내 보도블록이 조천만세동산을 제주항일기념관으로 이어주었다.

항일운동의 성지 제주항일기념관

제주항일기념관은 1996년 3월 1일 제77주년 3·1절에 착공하여 1997년 8월 15일 광복 제52주년에 개관하였다. 기념관은 제주인의 독립에 대한 발자취를 한자리에서 이해할 수 있도록 만들어 놓았다. 안에는 전시물들과 고증 자료 등이 총망라 되어 있어서 전체 대한민국 항일운동사에서 제주의 항일운동이 차지하는 역사적인 의의를 잘 알 수 있도록 하였다.

제주항일기념관은 조천만세운동뿐만이 아니라 법정사항일운동,

제주항일기념관

해녀항일운동까지 한 눈에 볼 수 있도록 만들어졌다.

세 항일운동의 역사와 의의를 살펴볼 수 있는 곳이 바로 제주항일기념관이다. 제주의 항일 역사를 살펴보는 것도 제주올레의 중요한 부분이다. 19코스를 시작하기 전에 제주항일기념관을 먼저 찾아보자. 제주항일기념관을 둘러보고 시작되는 올레길은 기념관 뒤쪽으로 해서 들판과 밭들을 지나면서 바닷가로 향한다. 바닷가로 이어지는 아스팔트를 따라서 해변을 끼고 돌았다. 언제나 제주바다 풍경은 마음을 씻어주는 것 같다. 그곳이 관곳이었다. 관곳은 제주에서 해남 땅끝마을과 가장 가까운 곳인데 그 거리가 83km밖에 되지 않는다고 한다. 예전에는 제주의 관문역할을 하는 곳으로 매우 활발한 어촌이 형성되어 있었다고 한다. 지금은 이름만 겨우 남아

독립유공자비

있다. 관곶을 지나서 여름이면 사람들로 북적댈 신흥해수욕장의 금 빛모래를 보면서 길을 가다가 올레길은 마을 밭길과 마을 안으로 들어섰다 다시 바닷가로 나온다. 바닷가로 나오는 신흥해수욕장보 다 더 넓은 해수욕장이 펼쳐졌다. 함덕서우봉해변이다. 함덕서우 봉해변을 지나자 한쪽 구석에는 삼별초 항쟁때 여원(麗元)연합군이 상륙한 전적지임을 알리는 함덕포전적지의 푯돌이 보인다. 여기서 삼별초의 운명이 결정지워진 것이다. 길은 함덕서우봉해변과 서우 봉을 잇는 구름다리로 이어진다.

다리를 건너서 서우봉 정상을 향해서 걸어간다. 서우봉은 제주 도의 오름이 그렇듯이 그렇게 높지 않은 곳이다. 올라가는 데에도 큰 무리가 없다. 서우봉 정상에서 바라보는 함덕서우봉해변은 눈에

함덕서우봉해변

꼭 담고 싶을만큼 멋있다.

일몰을 감상할 수 있다는 일몰지를 지나서 해동포구로 내려오면 북촌리 마을과 마주친다. 마을을 지나서 밭길을 따라 나오다 보면 너븐숭이 4 · 3 기념관이 서있다.

4 · 3의 영혼이 잠들어 있는 너븐숭이 4 · 3 기념관

이곳에 너븐숭이 4 · 3기념관이 설립된 이유는 바로 이곳 북촌리에서 4.3항쟁때 단일 사건으로 가장 많은 인명이 피해를 당했기 때문이라고 한다. 한날 한 시에 약 400명의 사람을 집단학살하였으며, 가옥 400여채를 불에 태웠다고 한다. 바로 이곳의 대 학살을 배경으로 소설가 현기영은 〈순이 삼촌〉을 쓴다. 이 글을 통해서 현

기영은 4 · 3사건의 참혹상과 그 후유증을 고발하여서 오랫동안 묻혀 있던 사건의 진실을 공론화하였다. 그리고 작가 자신은 박정희 정권하에서 중앙정보부에 끌려가서 심한 고문을 당하는 등 고초를 겪었다. 그리고 〈순이 삼촌〉은 한동안 금서로 아무도 읽지 못하게 만들었다. 박정희식 이데올로기가 그를 자유롭게 놔두지 않았지만 이제는 그가 진실이었음을 모두가 알고 있다.

너븐숭이 4 · 3 기념관은 전시관과 묵상의 방 등이 있다. 북촌리에서 자행된 집단 학살에 대한 기록과 사진들이 전시되어 있는 전시관을 돌고 묵상의 방 안에 있는 수많은 희생자들의 이름들을 보면서 눈물을 흘리지 않는다면 감정이 없는 사람일 것이다. 이곳에서 차분하게 그동안 올레코스 곳곳에 스며있는 4 · 3항쟁을 차분히

희생자 위령비 앞에 서다

정리할 수 있는 시간을 가져보자. 올레길이 주는 또 하나의 산 역사 교육이 될 것이다.

너븐숭이 4·3기념관 앞쪽에는 애기무덤이 있었다. 채 꽃피우지도 못하고 죽어간 어린 영혼들이 잠들어 있는 곳이었다. 어린 영혼들에게 안식을 기도하며 그곳을 떠난다. 그리고 위령비가 기념관 뒤쪽에 자리하고 있다. 머리를 숙여 묵념을 해본다.

올레길은 다시 밭길을 지나서 해변을 따라 가다가 북촌리 마을로 들어가고 마을 길을 따라서 북촌포구를 향해서 간다. 북촌포구는 조용하고 자그마한 느낌을 준다. 북촌포구를 뒤로 하고 북촌리를 뒤로하고 밭길과 도로를 따라서 걷다보면 자그마한 숲이 나온다. 숲은 벌러진 동산이라는 이름을 가지고 있다. 이곳이 북촌리와

벌러진 동산 입구

동복리 사이에 있는 동산이라서 벌러진 동산이라고 한다. 벌러진 동산의 좁지 않은 오솔길을 가다보면 문득문득 풍차의 모습이 눈에 들어온다. 처음엔 하나가 서 있나 하다보면 그 수가 점점 늘어난다. 동복리와 북촌리의 풍력발전단지가 바로 이곳에 있기 때문이었다. 풍차소리는 매우 크다.

한편으로는 바람소리를 들으며 다른 한편으로는 풍차 돌아가는 소리를 들으며 벌러진 동산을 빠져 나오면 다시 밭들이 눈 앞에 펼쳐진다. 밭들 사이를 천천히 걷다 보면 이제는 제주도의 익숙한 시골 풍경이 눈앞에서 지나간다. 그렇게 한 4Km정도를 마을 뒤편의 밭길을 따라 걷는다. 거기서는 바다도 오름도 전혀 없다. 평탄하지만 바람 소리만은 여전한 제주도의 시골 마을을 걷는다.

밭길을 지나게 되면 1132번 국도인 일주 동로를 건너게 된다. 일주 동로를 건너서 차도를 따라서 150m 정도 걸으면 왼쪽에 마을이 나타난다. 김녕리의 서쪽에 형성되어 있는 마을이다. 마을 마을 안으로 올레길은 이어진다. 작은 마을을 지나고 나면 다시 밭길이 이어진다. 밭길은 바닷가로 향한다. 바닷가 길을 잠시 걸으면 김녕 서포구가 보인다. 김녕 서포구는 인적이 드문 자그마한 포구다. 한쪽 구석에 20코스의 시작을 알리는 19코스의 종점이 있다.

김녕–하도 올레

월정해변

코스

김녕서포구 – 옛등대 – 김녕해수욕장 – 성세기태역길 – 해녀불턱 – 환해장성 – 당처

물동굴 뒷길 – 월정마을 안길 – 월정 해변 – 행원포구 – 제주구좌농공단지 – 좌가연대

– 한동해안도로 – 계룡동 마을회관 – 평대옛길 – 뱅디길 – 세화오일장 – 세화해변 –

제주해녀박물관

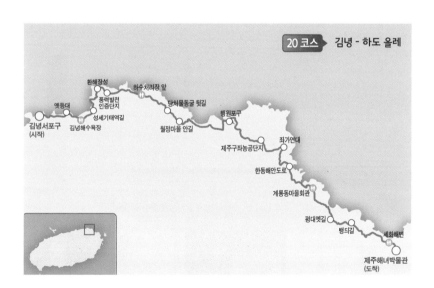

20코스는 김녕서포구에서 시작하며 바닷가 마을을 관통하는 금속공예벽화마을에서 다양한 종류의 예술작품들과 함께 길을 갈 수 있게 해준다. 마을 길은 바다 한쪽으로 나간다. 바다를 따라서 걷다 보면 김녕리 도대불이 오른쪽에 정자를 거느리고 나타난다. 옛날 등대인 도대불과 정자가 왠지 어색하게 조화를 이루고 있다.

　　정자가 있는 바닷가에서 앞쪽 김녕 성세기해변쪽으로 풍차들이 간간히 보인다. 19코스도 그렇지만 20코스도 바람이 적지 않음을 알려주는 신호이다. 성세기해변은 크지 않았다. 모래밭이 발달은 하였지만 주위는 바위들이 약간 황량하다는 느낌이 들게 한다. 성세기 해변을 지나서 아스팔트 길을 벗어나 바닷가 바위와 해변의 풀숲으로 올레길이 이어진다. 오래간만에 걷는 해변 바위길이다.

담에 그려진 그림들이 정겹다

뒤쪽으로는 벌러진 동산의 풍차들이 마치 전봇대를 꽂아 놓은 듯 모습을 보인다. 제법 재미있는 해변의 길을 따라 가다보니 김녕 풍력발선시스넴 인증 난시 푯말이 나온나. 그것이 멀리서 보이던 몇 대 안 되는 풍차의 본 모습이다. 여기서부터 올레길은 차도를 따라서 간다. 용암 언덕을 지나서 계속해서 해변을 따라 달리는 차도가 올레꾼을 인도한다. 그러다가 해변을 뒤로 하고 풀숲 사이로 들어갔다. 잠시 풀숲을 걷는다 싶었지만 다시 아스팔트로 반듯하게 포장된 길로 올레길은 진행된다. 그리고 다시 농로를 지나서 마을로 들어간다. 월정리다. 월정리 마을로 들어서자 김녕 성세기해변과는 전혀 다른 분위기이다. 이곳은 마을도 크게 형성이 되었지만 수많은 관광객들이 오고가고 있다는 표시를 내었다. 월정 해변이다.

풍차가 바다와 조화를 이루고 있다

연인과 사랑을 위한 월정 해변

이곳 월정 해변에는 식당과 카페 그리고 팬션들이 즐비하게 늘어서 있다. 넓게 펼쳐진 해변은 시원하게 느껴지게 만든다. 하지만 바람이 센 편이서 모래바람이 거세게 분다. 바닷가의 모래들을 아스팔트 위로 마을로 계속 퍼 날랐다. 그때에서야 해수욕장에 덮여있는 비닐의 역할이 아주 중요하겠구나 하는 생각을 하게 된다.

월정 해변을 지나서 밭길로 다시 들어간다. 그리고 다시 행원마을 안길로 해서 바닷가로 이어진다. 바닷가에는 자그마한 포구가 하나 만들어져 있다. 행원포구였다. 해변을 따라 걷다 보니 왼쪽에 표지석이 하나 서 있다. 광해 임금의 유배, 첫 기착지라는 글자가 선명하다. 광해군이 1623년 인조반정에 의해 폐위되고 처음엔 강화

월정리 해변의 주인을 기다리는 의자들

월정 해변 한쪽에 살짝 앉아본다

도 교동으로 유배되었다가 제주도로 유배 당하면서 바로 이곳 어등
포(행원포구)에 입항하였다는 것이다. 한 나라를 통치하던 자가 이
곳까지 유배를 왔으니 어찌 눈물이 나지 않겠는가, 그는 결국 이곳
제주도에서 생을 마쳤다고 한다.

표지석을 지나가니 해녀의 쉼터 직매장 안으로 올레길이 이
어졌다. 안을 통과해서 해변 쪽으로 길이
나있었다. 잠시동안 해변을 돌다가 올레길
은 다시 마을로 들어서고 마을 뒷편의 밭
길로 들어선다. 너른 밭길을 천천히 걸으
면서 이런 저런 생각을 하게 만든다. 해
변에서 불던 세찬 바람도 마을 뒤로 들

광해군(光海君)은 1623년 인조반정에 의해 혼란무도(昏亂無
道) 실정백출(失政百出)이란 죄목, 폐위, 처음 강화도 교동(喬桐)
으로 유배되었다. 이어 1637년 유배소를 제주도로 옮기러 시종
사(事中使) 별장 내관 도사 대전별감 나인(內人) 서리(胥吏)
나장(羅將) 등이 임금을 압송하여 6월16일 이 어등포(於登浦)에
입항하여 일박하였다. 이때 호송 책임자 이원로(李元老)가 왕에
게 제주라는 사실을 알리자 깜짝 놀랐고, 마중 나온 목사가 "임
금이 덕을 쌓지 않으면 주중적국(舟中敵國)이란 사기(史記)의 글
을 아시죠"하니 눈물이 비오듯 하였다. 주성(州城) 망경루 서쪽
배소에서 1641년 7월1일 67세로 마치니 목사 이시방(李時昉)이
염습, 호송책임 채유후(蔡裕後)에 의해 8월18일 출발, 상경하였다.
광해군은 연산군(燕山君)과 달리 성실하고 과단성 있게 정사를
펼쳤으나 당쟁의 와중에 희생된 임금으로 평가받고 있다.

광해 임금의 유배, 첫 기착지

241

어오니 느껴지지 않았다. 아마도 그렇기 때문에 마을이 바로 해변에 그리고 그 뒤로 밭이 형성이 된 것 같다. 사람들이 자신들의 작물을 위한 바람받이가 된 것이다. 농로를 따라 들어가다보니 좌가연대가 나온다. 좌가연대를 지나 밭길과 마을을 지나니 길은 다시 바닷가로 안내한다.

좌가연대를 지나서 밭길을 조금 가다가 다시 길은 해안 쪽으로 가고 해안 마을로 인도하는가 싶더니 다시 마을 안으로 올레길은 이어진다. 계룡동 마을회관 앞을 통과하여서 마을 뒤의 밭길로 간다. 길은 뱅듸길로 이어진다. 뱅듸라는 말은 평대마을을 뜻하는 것으로 돌과 잡풀이 우거진 넓은 들판이라는 뜻을 가지고 있다. 바로 평대마을이 기반을 잡은 동네이다.

좌가연대

길은 평대마을 안으로 들어가서 평대리 해수욕장으로 이어진다. 이곳 해수욕장은 그 규모가 아주 작다. 해수욕장 주위는 조용하였다. 해수욕장을 통과한 뒤 마을 안쪽으로 들어갔고 다시 길은 밭길을 따라서 다음 마을로 향한다. 다음 마을은 세화리이다. 세화리 마을 안길을 따라서 걸으면 세화 오일장이 서는 커다란 천막 집이 보인다. 장이 안 서는 날은 너무나 을씨년스럽게 보인다.

세화리의 해변을 따라서 걸으니 잊었던 파도소리와 바람소리가 우렁차게 들려온다. 세화리 해수욕장을 지나자마자 오른쪽으로 방향을 돌리니 커다란 건물이 왼쪽에 보이고 난데 없는 주차장이 커다랗게 꾸며져 있다. 그리고 그 뒤로는 20코스의 종착점 해녀박물관의 모습이 보인다.

해녀박물관 전경, 아이들이 현장학습을 나와 있다

하도-종달 올레

해녀박물관과 지미봉

코스

제주해녀박물관 - 연대동산 - 면수동마을회관 - 낮물밭길 - 별방진 - 석다원 - 각시

당 - 토끼섬 - 하도해수욕장 - 지미봉밭길 - 지미봉 - 종달항 - 종달해변쉼터 - 종달

바당

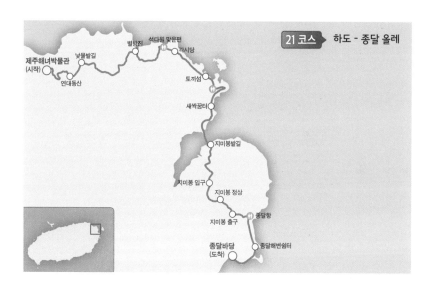

제주올레의 마지막 코스이다. 이렇게 제주도 한 바퀴를 걸어서 돌 수 있다는 생각은 제주올레가 만들어지기 전에는 도저히 상상을 할 수 없는 일이었다. 그렇다. 생각도 하지 못한 위대한 일이 바로 제주올레 스물한 개 코스인 것이다. 누구나 마지막 코스를 들어서게 되면 아마 똑같은 생각을 하게 될 것이다. 정말로 내가 걸어서 제주도를 한 바퀴 다 돌았다는 말인가? 그게 가능한 일일까? 누구에게는 몇 년이 걸리기도 하고 누구에게는 몇 개월이 걸리기도 했겠지만 정말 그랬다. 상상으로만 가능했을 일을 해낸 것이다. 모든 일이라는 것이 처음에는 상상도 하지 못하고 그 다음에는 상상을 하게 되고 그리고 마지막에는 실천을 할 수 있는 것이 되는 것이 순서이다.

누가 그랬던가 꿈을 꾸라고. 꿈을 꾸면 이루어진다고.

제주올레 마지막 코스인 21코스는 제주해녀박물관에서 시작이 된다. 사실 제주올레를 걸으면서 쉽게 마주칠 수 있는 단어와 사람들이 해녀이다 그렇기 때문에 제주도에서 해녀에 대해서 새삼스럽게 관심을 집중하거나 색다르게 생각할 필요가 전혀 없다. 그런데 마지막 코스가 제주해녀박물관인 것은 우연의 일치일까 아니면 제주올레 측의 세심한 배려일까? 우리는 마지막 코스를 떠나면서 제주도와 해녀를 생각한다.

제주도와 해녀, 해녀박물관

　제주해녀박물관은 총 세 개의 전시실이 있다. 우선 제1전시실에는 제주해녀들이 어떻게 생활했으며 어떤 곳에서 어떤 장비를 가지고 생활했으며 어떤 음식들을 먹었는지 보여준다. 제2전시실에서는 불턱의 역할 등에 대해서 그리고 해녀의 역사와 제주해녀항일운동, 해녀공동체에 관한 자료들을 모아 놓았다. 제3전시실에는 실제 해녀들의 삶을 전시하고 있다. 첫 물질부터 상군해녀가 되기까지의 모습, 출가물질 경험담, 물질에 대한 회고 등 해녀들이 전하는 다양한 삶의 모습을 영상을 통해 생생하게 느낄 수 있다. 추가로 어린이해녀관이 있는데 어린이들이 놀고 체험할 수 있는 공간을 만들어 놓았다.

전시실 내에서 제주해녀들의 삶의 돌아본다

제주에 휴가를 오는 사람들이 아이들과 한번씩 들리면 소중한 기억과 교육이 될 것이다. 제주해녀박물관에서 해녀들의 생생한 삶을 경험하는 것은 교육적 가치로도 훌륭하다고 생각한다.

제주해녀박물관을 뒤로 하고 정면을 바라보면 배 세 대가 나란히 놓여 있다. 이 배들은 잠수부가 물속에서 오랫동안 있을 수 있도록 고무호스를 통해 산소를 전달하는 방식으로 행해지는 잠수기 어업을 도와주던 배이지만 수자원 고갈 등의 원인이 되어서 금지시켰고, 마지막까지 작업이 되었던 잠수기 어선이라고 한다. 한때는 역사의 생생한 현장에 있었던 것이 역사의 뒤안길로 물러서 있는 것이다. 자연의 이치이고 순리일 것이다.

이들 배를 지나자 자그마한 오름이 나온다. 예전에 이곳에 연대

미지막 잠수기 어선들

가 있어서 연대동산이라고 불린다고 한다. 연대동산에 오르니 왼쪽으로 제주해녀박물관이 전경을 자랑하고 있다. 길은 오른쪽으로 축구장 바로 옆으로 이어진다. 그리고 그 길은 면수동 마을회관을 거쳐서 마을 안길로 들어선다. 그리고 길은 다시 마을 뒤로 해서 낮물밭길로 이어진다. 면수동의 옛 이름이 낮물이었다고 한다. 그 옛 이름을 복원하여서 낮물밭길이라고 이름지은 것이다. 이 길을 약 3km정도 이어진다.

낮물밭길을 따라서 한참을 가다보니 앞쪽에 높게 솟아 있는 돌로 만들어진 벽이 보인다. 별방진이다. 왜구의 침입을 대비하기 위해서 만들어진 성곽이라고 한다. 이곳 성곽의 규모는 대단하다. 약 1,008m의 둘레에 높이가 4m이라고 한다. 그 위용이 훌륭하다.

별방진

별방진을 뒤로 하고 마을로 들어갔다가 다시 밭길로 그리고 그 밭길은 바닷가로 다시 나온다. 그러고는 계속해서 바다를 왼쪽으로 두고 도로로 갔다가 해안으로 내려갔다를 몇번 반복한다. 해안에는 해녀들이 옷을 갈아입고 바다로 들어갈 준비를 하는 곳인 불턱들이 자주 보인다.

바닷가를 한쪽으로 천천히 걷다보면 다시 각시당이 나온다. 해녀들이 모든 사람들의 무사안녕을 기원하는 굿을 하던 곳이라고 한다. 돌담으로 네모 반듯하게 만들고 한 쪽에 문을 달아놓은 자그마한 공간이다.

올레길은 그렇게 한참을 바닷가로 계속 이어진다. 가다보니 어느덧 1코스의 시작점에서 가장 잘 보이던 우도도 그 모습을 드러낸다. 드디어 제주도를 한 바퀴 완전하게 도는 것이다. 문주란의 자생

지미봉 정상에서 바라다본 우도

지인 토끼섬이 멀리 보인다. 그리고 고기를 잡던 갯담인 맬튼개를 지나서 올레길을 도로를 끼고 가다가 해맞이 해안로로 들어간다. 해맞이 해안로 안 쪽으로 들어가 우도가 더욱 가깝게 보인다. 이 해안로에서 올레길은 바닷가 백사장으로 이어진다. 하도해수욕장이다. 백사장을 걷는 맛도 좋다. 특히 초겨울 백사장은 몇몇 사람의 발자국 외에는 파도소리와 바람소리 뿐이다.

하도해수욕장을 지나서 도로로 나왔다 다시 해변 옆으로 만들어진 자그마한 나무 다리들을 천천히 걸으면서 바다를 구경한다. 길은 지미봉으로 향하는 밭길로 이어진다.

우도와 성산일출봉을 한눈에 볼 수 있는 지미봉

지미봉 정상까지는 경사가 가파르다. 거의 30도 정도 되는 경사

지미봉 정상에서 바라다본 성산일출봉

로가 밑에서부터 정상까지 이어진다. 거의 삼각형의 한 변을 걷고 있는 듯한 느낌이다. 높이가 160m정도 밖에 안 되지만 그야말로 원뿔모양의 산이다. 가쁜 숨을 내쉬며 지미봉 정상에 오르면 아름다운 풍광이 우리를 반겨준다. 한쪽에는 우도가 보이고, 또 다른 쪽에는 성산일출봉이 눈에 들어온다.

올레길은 이제 얼마 남지 않은 최종 목적지를 향해서 경사로를 내려간다. 내려가는 길도 경사가 만만치 않다. 올레길은 마을로 들어섰다가 바닷가로 이어졌고, 바닷가를 따라서 몇 개의 불턱을 지나면서 앞쪽에 종달바당이 넓게 펼쳐져 있고, 그 한쪽 끝에 소박하게 제주올레 21코스 종점을 알리는 표지가 있다. 하지만 그곳에는 1코스 시작점을 볼 수 없다. 1코스의 시작이 21코스의 끝이 아니니 한 바퀴를 미처 돌지 못한 느낌이다. 하지만 1코스가 바로 이곳을 지나서 가고 있다는 생각에 안도의 숨을 내쉰다.

마침내 제주도를 한 바퀴 돌았다.

제주올레
48境

초판 1쇄 | 2019년 12월 7일

지은이 | 최종윤
디자인 | 임나탈리야
편 집 | 강완구
펴낸이 | 강완구
펴낸곳 | 도서출판 써네스트
출판등록 | 2005년 7월 13일 제2017-000293호
주 소 | 서울시 마포구 망원로 94, 203호
전 화 | 02-332-9384   팩 스 | 0303-0006-9384
이메일 | sunestbooks@yahoo.co.kr
I S B N 979-11-86430-93-4 03810 값 15,000원

이 도서의 국립중앙도서관 출판사도서목록(CIP)은 e-CIP 홈페이지 (http://www.nl.go.kr/ecip)와 국가자료 공동목록시스템(http://www.nl.go.kr/kolisnet)에서 이용하실 수 있습니다. (CIP제어번호 : CIP2019046254)